KB061983

빙하 조선

빙하 조선

정명섭 장편소설

다산책방

차례

평안도 의주 등지에 우박과 눈이 뒤섞여 내리고,
철산 땅에는 눈이 1자 남짓 쌓여 3일이 되도록 녹지 않았으며,
황해도 곡산 등지에는 산 중턱에 눈이 내렸다.

– 『조선왕조실록』 숙종 39년 8월 24일

한여름의 겨울

보신각 2층에서 경쇠 두드리는 소리가 어둠을 뚫고 요란하게 울려 퍼졌다. 무더운 여름이라 바닥이 흙으로 된 토방에 돗자리를 깔고 잠을 자던 화길이는 퍼뜩 눈을 떴다.

"아버지!"

화길이는 옆에서 자고 있던 아버지를 흔들어 깨웠다. 그러자 눈을 뜬 아버지가 타구에 가래침을 뱉더니 횃대에 걸린 저고리를 서둘러 걸쳐 입었다. 급하게 움직이는 바람에 화길이 아버지의 귀에 걸린 은 귀걸이가 요란한 소리를 냈다. 그 사이에 화길이는 바로 옆 창고 문을 열고 안에 있던 멸화군의 장비들을 꺼냈다.

조선의 도읍이자 인구 십만이 넘는 한양은 늘 크고 작은 화재에 시달렸다. 나무로 지은 초가집과 기와집 들은 한번 불이 붙으면 쉽사리 꺼지지 않고 다닥다닥 붙어 있는 옆집으로 옮겨붙기 일쑤였다. 결국 몇 차례 큰불이 난 뒤로 나라에서는 한성부 소속의 금화도감을 창설했다. 하지만 그것만으로는 역부족이라서 아예 멸화군을 만들었다.

멸화군은 종묘 근처의 숙소에 모여 있다가 불이 나면 장비를 챙겨서 진압하는 임무를 맡았다. 처음에는 한양에 군역을 서기 위해 올라온 사람들을 뽑아서 멸화군으로 삼았다. 하지만 매년 돌아가면서 군역을 서기 때문에 훈련을 제대로 시킬 수 없었고, 기껏 훈련을 시키면 군역 기간이 끝나버렸다. 거기다 불을 진압하다가 죽거나 다칠 수 있기 때문에 다들 기피했다. 그래서 한양의 빈민들은 대가를 받고 멸화군으로 군역을 대신했다. 불법적인 일이었지만 멸화군을 관리하는 한성부에서는 대충 눈감아 주었다.

올해 열여섯 살인 화길이는 재작년에 어머니가 전염병으로 돌아가시고 난 뒤 아버지와 함께 멸화군 숙소에서 지내는 중이었다. 남들보다 힘이 세고 인정이 많은 아버지와 화길이는 원래 양화나루라고도 불리는 양화진 근처에서 살았었다.

어릴 때 할아버지와 함께 상경한 아버지는 나루터 부근에 자리를 잡고 경강을 따라 올라온 세곡선이나 장삿배의 짐들을 옮기는 일을 했다. 한양에서는 보통 이렇게 먹고사는 사람을 '강대 사람'이라고 불렀다. 강대 사람은 거칠고 무례하다는 인식이 강했지만, 이와 다르게 아버지는 의리 있고 힘없는 사람을 도와주며 살았다. 그러다가 궁궐에서 임금과 세자를 모시는 별감으로 뽑히면서 나랏일을 했고, 몇 년 후 모시던 대군이 귀양을 가면서 멸화군 일을 하게 되었다.

멸화군에서 아버지는 대장으로 불렸다. 화길이 역시 아버지와 함께 먹고 자면서 일을 도왔다. 또래보다 키가 크고 건장해서 아버지 일을 돕기에 제격이었다. 길고 갸름한 얼굴에 초롱초롱한 눈빛, 거기다 붙임성까지 좋아서 사람들의 이쁨을 한눈에 받으며 자연스럽게 멸화군과 한 가족이 되었다.

화길이는 말려 있던 거적을 주르륵 펼쳐서 바닥에 깔아놓고, 그 위에 도끼부터 쇠갈고리, 동아줄 등을 차례대로 쌓았다. 어느 틈엔가 잠에서 깬 부광이도 하품하며 장비 정리를 도왔다. 동갑인 화길이보다 키가 작고 두툼한 얼굴을 한 부광이는 늘 투덜거리기 일쑤였지만, 화길이는 그런 부광이를 잘 받아주고 이해했다. 작년에 멸화군이었던 아버지를 잃고 나서 오갈 데가 없는 처지가 자신과 비슷했기 때문이다.

원래 부광이는 친척이 데려가려고 했지만 구박받을 게 뻔하다며 안 간다고 버텼고, 대장인 화길이 아버지가 그런 부광이의 처지를 안타깝게 여겨 데리고 있는 것이었다. 아버지의 동료들도 급료로 받은 쌀을 조금씩 나눠주는 등 신경을 썼다. 부광이와 화길이는 상반된 성격이라 티격태격하면서도 동갑이라 그런지 항상 붙어 다녔다.

"한밤중에 불이 나고 지랄이야."

투덜거리는 부광이에게 화길이가 말했다.

"불은 사람들이 잘 때 잘 나는 법이야."

"아이고, 부처님 나셨네. 너는 불나면 왜 그렇게 좋아하냐?"

"좋아하는 게 아니라 빨리 끄고 싶어서 그런 거야."

그때 더그레를 입은 화길이의 아버지가 서두르라고 외쳤다. 그러자 방에서 잠을 자다가 나온 멸화군 대원들이 허둥대며 미투리를 신었다. 미투리는 지푸라기로 만든 짚신과는 달리 삼 껍질과 종이 같은 것들을 함께 꼬아서 더 튼튼하게 만든 신발인데, 특히 동대문 밖 탑골에 있는 장인들이 만든 탑골치는 미투리 중 최고로 쳤다. 탑골 장인들이 모여 살던 마을의 불을 꺼준 이후부터 무료로 공급받고 있어서 불을 끄러 나갈 때는 항상 이 미투리를 신는다.

멸화군이 이번에는 바짓자락이 펄럭이는 것을 막아주는

행전을 감았다. 그리고 화길이와 부광이가 꺼내놓은 장비들을 서둘러 챙겼다. 그때 보신각 2층에서 달려온 복춘이 아저씨가 문을 박차고 들어와 툇마루에 걸터앉더니 숨을 헐떡거리며 말했다.

"혜정교 쪽 면주전에서 연기가 나고 있습니다."

"면주전이면 비단을 파는 곳이잖아. 빨리 타겠군."

아버지의 말에 복춘이 아저씨가 고개를 끄덕거렸다.

"처음에는 작은 연기만 올라왔는데 금방 불이 커졌습니다."

"서두르자. 상관아!"

"예!"

"한성부에 가서 급수비자를 혜정교에 있는 면주전으로 보내라고 해."

"알겠습니다."

"지난번처럼 늦장 부리면 가만 안 놔둔다고 하고."

"예."

상관이 아저씨가 바람처럼 대문 밖으로 사라졌다. 승정원에서 만든 기별지를 지방으로 가져가는 기별군사 출신이라 그런지 발이 무척 빨랐다. 어수선해진 마당을 지켜본 아버지가 소리쳤다.

"혜정교 면주전에서 불이 났다. 거긴 비단이 있어서 불이 금방 번질 거야. 1조는 사다리랑 갈고리를 이용해서 면주전의 불을 끄고, 2조는 주변에 불이 번지지 않게 한다. 시전이라서 창고랑 상점 들이 다닥다닥 붙어 있으니까 까닥하면 불이 엄청나게 커질 것이다. 다들 주의해!"

"예!"

멸화군의 우렁찬 대답을 들은 화길이 아버지가 씩 웃으면서 말했다.

"다들 불조심하고, 출동한다."

아버지가 부하들에게 얘기하는 사이, 화길이는 대문 기둥에 걸려 있는 구화패를 목에 걸었다. 한양에서는 해가 떨어지면 성문을 닫고 통행을 금지했다. 만약 밤중에 함부로 돌아다니다 순찰하는 순라꾼들에게 잡히면 경수소로 끌려가서 감금되고 다음 날 처벌을 받는다. 그래서 밤에 돌아다니려면 물금첩이라는 일종의 야간 통행증을 받아야 했지만, 멸화군은 물금첩 대신 나무로 만들어진 구화패를 소지했다. 부광이도 큼지막한 구화패를 목에 걸고 멸화군이라고 적힌 깃발을 어깨에 걸쳤다.

대문 밖으로 나선 화길이와 부광이가 나란히 서자, 그 뒤로 장비를 챙긴 멸화군이 줄줄이 섰다. 부광이가 뒤쪽을 힐끔 보더니 멸화군의 대장이자 화길이 아버지에게 한마디 했다.

"아무래도 화길이 이름을 잘못 지은 모양이에요."

"그게 뭔 소리냐?"

"이름에 불 화火 자가 들어가 있어서 그런지 불이 나면 아주 환장하잖아요."

"이놈아! 불 화火가 아니라 될 화化야."

아버지의 얘기를 들은 화길이가 낄낄거렸고, 부광이는 입을 삐죽 내밀었다.

한밤중에 갑자기 장정 무리가 나타나자 둥근 박처럼 생긴 조족등을 든 순라꾼들이 득달같이 달려들었다. 하지만 부광이가 든 멸화군의 깃발과 화길이가 목에 맨 구화패를 보고는 잠자코 물러났다. 멀리, 사방등을 든 화길이 아버지의 외침이 어둠을 뚫고 들려왔다.

"서둘러! 뒤처지는 놈은 엉덩이를 걷어찰 거야."

"어이구, 발 들 힘도 없으면서."

뒤에서 누군가 맞받아치자 다들 크게 웃었다. 불을 끄는 일은 굉장히 어렵고 힘들어서 멸화군은 서로 격의 없이 친하게 지냈다. 나이를 앞세우고 거드름을 피웠다가는 혼자 위험에 처할 일이 많기 때문이다. 아버지 말대로 불 앞에서는 신분이고 나발이고 다 필요 없는 것이다. 그렇게 한참 웃고 떠들면서 걷다가 육조거리에 도달했을 때, 여기저기서 한숨이 터져 나왔다. 바로 앞에 있는 황토마루 때문이었다. 수십 척 높이의 언덕은 사람들이 쉴 새 없이 오가면서 풀과 나무가 자랄 여력이 없었다. 그래서 황토만 남아 황토마루라고 불렸다. 화재를 진압할 장비를 들고 황토마루를 넘어가는 것은 쉬운 일이 아니었다. 대원들의 걸음이 느려질 기미가 보이자 화길이 아버지가 호통을 쳤다.

"어서 안 움직여? 우리가 늦게 움직이면 불이 더 커진다."

아버지의 호령에 멸화군이 서둘러 황토마루를 넘었다. 꼭대기에 올라간 화길이는 어둠을 뚫고 선명하게 보이는 불길에 잠깐 걸음을 멈췄다.

"엄청 잘 타오르네."

화길이의 얘기를 들었는지 아버지가 조심스럽게 물었다.

"걱정되느냐?"

아버지의 물음에 화길이는 신경질적으로 대답했다.

"무슨 소리예요. 전혀요."

화길이는 아버지에게 속마음을 들킬까 봐 앞장서서 황토마루를 내려왔다. 한양을 건설할 때 함께 지은 시전의 행랑은 천여 채가 넘었다. 왕실과 관청에서 필요한 물건들을 조달하고, 한양 백성들에게 필요한 상품들을 팔기 위해 조성된 곳이었다. 비단이나 삼베 같은 천은 물론 없는 게 없이 다 팔았는데, 문제는 다닥다닥 붙어 있다 보니까 불이 나면 크게 번졌다. 때문에 한성부에서는 행랑들 사이에 담장을 세우고 방화수로 쓸 우물을 파놓으라고 하는 등 여러 가지 지시를 내렸다. 하지만 장사에 열을 올리는 상인들은 좀처럼 지시에 따르지 않았다.

황토마루를 넘어온 멸화군은 곧장 혜정교로 향했다. 해시계가 설치되어 있는 혜정교는 중학천을 가로질러 세워진 다리다. 혜정교를 건너자마자 불에 활활 타고 있는 면주전이 보였다. 어찌나 불이 크게 났는지 주변이 대낮처럼 환했다. 주인으로 보이는 중년의 남자가 불길을 보면서 망연자실하게 서 있었다. 남자는 한눈에 봐도 비싸 보이는 비단으로 만든 백저포에 눈에 띄는 커다란 금 귀걸이를 하고 있었다. 그 옆에는 일꾼으로 보이는 젊은 남자들이 발을 동동 구르는 중이었다.

2층으로 된 면주전은 화길이의 말대로 나무로 된 벽을 따라 불이 활활 타올랐다. 보통 1층은 손님과 흥정을 하는 작은 방이 앞에 있고 안으로 들어가면 작은 마당을 중심으로 사방이 방으로 둘러 있는 형태고, 사다리를 타고 올라가는 2층은 창고로 사용했다. 그래서 불이 한번 붙으면 안에 있는 상품들이 타버리면서 큰 화재로 이어지기 때문에 다들 급하게 움직인 것이다.

현장에 도착한 화길이는 저도 모르게 손으로 얼굴을 가렸다. 수십 보 떨어진 곳에서도 열기가 느껴졌기 때문이다. 기와지붕은 그나마 멀쩡해 보였으나 불길은 이미 처마로 치닫고 있었다. 주변의 다른 행랑에서는 서둘러 상품들을 꺼내느라 난리 법석을 떨었다. 통행금지 시간이 지났어도 인근의 백성들과 상인들은 삼삼오오 모여서 불구경을 하는 중이었다. 현장에 도착하자마자 화길이 아버지가 얼굴을 찌푸리며 말했다.

"늦었네. 늦었어."

그러고는 혀를 차면서 사다리를 대려는 멸화군에게 멈추라고 손짓했다.

"불이 기둥을 타고 대들보로 옮겨붙은 거 같아. 살릴 도리가 없어."

"그럼 어찌합니까?"

복춘이 아저씨의 물음에 화길이 아버지가 면주전 좌우의 시전 행랑들을 가리켰다.

"일단 양쪽 행랑들을 살린다. 사다리를 타고 지붕과 벽에 물을 뿌려."

"예."

멸화군이 불타는 면주전 좌우에 있는 행랑에 사다리를 걸칠 무렵, 급수비자가 도착했다. 관청에서 물 긷는 일을 하는 여자 종으로 이루어진 급수비자 대원들은 가까운 곳에 있는 우물로 가서 물통에 물을 담았다. 그리고 면주전 양쪽에 있는 행랑의 지붕과 벽에 물을 뿌리기 시작했다. 그걸 본 면주전 주인이 발을 동동 굴렀다.

"아니! 불은 우리 행랑에 붙었는데 왜 옆집에 물을 뿌려!"

화길이 아버지가 면주전 주인에게 대꾸했다.

"면주전은 이미 글렀소. 다른 행랑이라도 살려야죠."

"아이고, 내 상점부터 살려야지! 무슨 소리야!"

"이것 보슈!"

버럭 소리를 지른 화길이 아버지가 면주전 주인을 노려봤다. 면주전 주인이 움찔했다.

"나라 법에 실화든 방화든 불을 낸 사람은 피해 입은 사람들에게 보상을 해줘야 하오. 양쪽 행랑이 불에 타서 손해를 입으면 당신이 그것까지 감당해야 한다 이 말이외다!"

아버지의 말에 면주전 주인은 겁에 질린 표정으로 물러났다. 방해꾼을 쫓아낸 화길이 아버지가 활활 타오르는 면주전을 보면서 중얼거렸다.

"그래, 한판 붙어보자."

급수비자가 행랑에 물 뿌리는 모습을 지켜보던 화길이는 아까 큰소리친 것치고 꼼짝도 하지 않았다. 지난번 화재 현장에서의 기억 때문이었다. 화길이는 앞으로 나서는 게 주저됐지만 먼발치에서 자신을 지켜보는 부광이의 시선을 느끼고는 재빨리 불채를 집어 들었다. 불채는 관청에서 쓰다가 버린 깃발을 길게 찢어다가 장대에 붙인 것으로, 처마에 붙은 불을 끄는 용도로 썼다.

한참 치솟던 면주전의 불똥이 옆에 있는 행랑으로 날아가자, 화길이는 얼른 지나가는 급수비자 대원의 물동이에 불채를 푹 담가서 적신 다음 면주전 양옆에 있는 행랑의 처마와 벽에 붙은 불똥을 껐다. 부광이 역시 같은 방법으로 잔불들을 정리했다.

그사이에 면주전 주인은 남아 있는 천이라도 건지고 싶었는지 연신 상점 안으로 들어가려고 시도했고, 옆에 있던 일꾼들은 그런 주인을 뜯어말렸다. 다른 사람 눈에는 바보나 미치광이쯤으로 보일지도 모른다. 그러나 이런 모습을 여러 번 봤던 화길이에게는 익숙한 풍경이었다.

"손해가 막심하겠지?"

화길이가 중얼거리자 부광이가 맞장구를 쳤다.

"그렇겠지. 다른 천도 아니고 죄다 비단인데 말이야."

면주전 주인이 땅에 주저앉아서 하염없이 울었다. 한때는 여러 일꾼을 거느리고 거드름을 피웠겠지만 내일부터는 끼니 걱정을 해야 할 처지에 몰린 것이다. 그런 면주전 주인을 지켜보며 혀를 차던 화길이 아버지가 외쳤다.

"서둘러! 다른 행랑에 옮겨붙으면 큰일 난다."

화길이 아버지의 재촉에 멸화군과 급수비자는 열심히 불을 껐다. 불에 대한 두려움을 억누른 화길이도 부광이와 함께 불채로 불씨들을 눌러서 껐다. 지글거리는 열기에 눈이 간지러웠는지 화길이가 손가락으로 눈을 비볐다. 부광이가 그 모습을 보고 놀렸다.

"불장난 치면 오줌 싼다고 하던데, 이따가 요강 꽉 채우겠는걸?"

화길이가 삐졌는지 인상을 찌푸렸다. 두려움도 꾹 참고 불을 끄는데 옆에서 놀리는 게 짜증 났기 때문이다.

"헛소리 그만하고 불이나 잘 꺼."

그사이 화길이 아버지는 복춘이 아저씨에게 말했다.

"복춘아! 아무래도 행랑을 주저앉혀야겠다."

"그 방법밖에는 없을 거 같습니다, 대장."

"문제는 어떻게 넘어뜨리느냐네. 도끼질을 할까?"

화길이 아버지의 물음에 복춘이 아저씨가 고개를 저었다.

"시간이 없습니다. 동아줄을 걸어서 당기죠. 건물을 무너뜨려야 다른 곳으로 옮겨붙지 않습니다."

"행랑이라 걸어둘 곳이 없잖아."

보통의 기와집이나 초가집이라면 기둥과 마루 사이가 비어 있어서 동아줄을 걸기 쉬웠다. 하지만 물건을 쌓아놓는 창고는 도둑을 막기 위해 벽 전체를 판자로 둘렀기 때문에 동아줄을 감는 게 어려운 상태였다. 잠깐 고민하던 화길이 아버지가 옆에 멸화군이 들고 있던 쇠갈고리를 낚아챘다. 그러곤 곧장 불이 활활 타는 면주전으로 다가갔다. 불채로 열심히 불똥을 털던 화길이가 놀라서 소리쳤다.

"아버지!"

화길이의 외침을 무시한 아버지는 모서리로 가서는 쇠갈고리로 불타고 있는 벽을 부쉈다. 기둥 양쪽에 있는 널빤지를 부숴서 동아줄을 걸 공간을 만들려고 한 것이다. 널빤지가 부서지자 불똥이 확 튀면서 벽 안에 갇혀 있던 열기가 빠져나왔다. 빨간 혀를 날름거리듯 불이 뿜어져 나왔다. 그러나 화길이 아버지는 개의치 않고 가져온 동아줄로 잽싸게 기둥을 감았다. 달려가려던 화길이는 그 모습을 보고 움찔했다.

몇 달 전, 화길이는 용산강 창고에서 난 불을 끄다가 하마터면 불붙은 지붕에 깔려서 죽을 뻔했었다. 그때 이후로 불을 보면 겁부터 났다. 물론 아버지와 부광이 앞에서는 그 일을 잊어버린 것처럼 굴었지만 두려움이 완전히 사라진 건 아니었다. 그래서 다른 때 같으면 당장 아버지에게 달려갔겠지만 그럴 수 없었다. 두려움에 발이 움직이지 않았다. 다행히 아버지는 안전한 거리까지 물러났다.

"다들 모여! 면주전을 무너뜨린다."

여기저기 흩어져서 불을 끄고 사람들을 대피시키던 멸화군이 재빨리 모여들었다. 그리고 화길이 아버지 뒤에 서서 동아줄을 잡았다. 화길이와 부광이도 불채를 내던지고 끼어들었다.

"하나, 둘, 셋 하면 당긴다. 한번에 재빨리 당겨야 한다. 준비됐어?"

멸화군이 "예!"라고 대답하자 화길이 아버지가 외쳤다.

"하나! 둘! 셋! 당겨!"

"영차!"

멸화군이 일제히 동아줄을 잡아당기자 활활 불타오르던 주춧돌 위 기둥이 쑥 뽑혀 나왔다. 기둥을 땅에 박지 않고 주춧돌 위에 올리는 방식으로 지어졌기에 가능한 일이었다. 기둥이 뽑히자 기와지붕은 무게를 견디지 못하고 저절로 무너졌다. 지붕이 한쪽으로 기울어지면서 기와들이 쏟아지더니 서서히 주저앉았다. 마지막 발악이라도 하는 것인지 불길이 사방으로 넘실거렸다.

"피해!"

아버지의 외침에 다들 뒤도 돌아보지 않고 뛰었다. 잠시 후 불붙은 2층 행랑이 무너지면서 자욱한 열기가 사방으로 퍼져 나왔다. 화길이도 멀찌감치에서 지켜보던 구경꾼들 앞까지 도망치고서야 겨우 한숨을 돌렸다. 내려앉은 면주전에서는 여전히 맹렬하게 불길을 내뿜었지만 적어도 다른 곳으로 옮겨붙을 가능성은 없어 보였다. 화길이는 바닥에 주저앉은 채 면주전을 바라봤다. 가슴이 미친 듯이 헐떡거렸지만 견딜 만했다. 그 모습을 지켜보던 부광이가 손을 내밀었다.

"가자, 잔불 정리해야지."

"그래."

면주전 쪽으로 걸어간 화길이와 부광이는 아까 떨어뜨린 불채를 집어서 천천히 사방에 흩어진 불들을 정리했다. 다른 멸화군 대원들도 화길이 아버지의 지시대로 다른 행랑에 옮겨붙은 불을 껐다. 가장 큰 위기를 넘긴 덕분인지 다들 안심한 기색이었다. 불 끄는 일을 하다 보니 목숨을 잃거나 크게 다칠 때가 많기 때문이다.

불길이 거의 다 잡히자 넋이 나갔던 면주전 주인은 다시 일어나 남아 있는 것이라도 챙기려고 했다. 하지만 비단들은 이미 잿더미가 되어버린 후였다. 남은 게 아무것도 없다는 사실을 확인한 면주전 주인은 다시금 잿더미가 된 자신의 상점 한복판에 주저앉은 채 하염없이 울었다. 화길이가 부광이에게 말을 걸었다.

“진짜 죽고 싶을 거야.”

“그렇긴 해도 목숨을 건진 게 어디야. 잔불이나 정리하자.”

“그래.”

부광이와 얘기를 나누며 잔불을 정리하던 화길이는 불붙은 나무 조각이 바닥에 뒹구는 것을 보고도 무심코 발로 밟고 말았다. 불길이 마치 송곳처럼 미투리의 바닥을 뚫고 들어왔다. 예상치 못한 열기를 느낀 화길이가 비명을 지르며 깡총거렸다. 그걸 본 부광이가 배꼽을 잡고 웃었다.

“불붙은 나무를 밟지 말라고 네 아버지가 그렇게 얘기했는데.”

화길이는 눈물이 찔끔 나올 만큼 아팠다. 그런 자기 속도 모르고 놀리는 부광이가 얄미워 한 대 때려줄 생각으로 달려가다가 그만 넘어지고 말았다.

“제기랄!”

어느새 부광이는 멀찌감치 도망가 있었다. 화길이는 바닥에 주저앉고는 하늘을 올려다보며 신경질을 냈다. 그때 콧잔등이 갑자기 차가워졌다.

"뭐야?"

콧잔등에 묻은 냉기를 손가락으로 찍어서 살펴봤다. 그것은 손끝에 살짝 묻어 있다가 삽시간에 사라졌다.

"눈?"

놀란 화길이는 하늘을 바라봤다. 어두컴컴한 하늘에서 하얀 눈이 계속 쏟아져 내렸다. 구경꾼들은 뒤늦게 알아차렸는지 하나둘씩 하늘을 올려다봤다. 멀리 도망가 있던 부광이가 가까이 다가오면서 중얼거렸다.

"이게 뭔 조화냐? 지금 6월 아니야?"

"맞아."

"무슨 6월에 눈이 와?"

"보라고! 이게 눈이 아니면 뭐야?"

벌컥 화를 내는 화길이를 보고 부광이가 움찔하며 하늘을 올려다봤다. 그리고 믿을 수 없다는 듯 중얼거렸다.

"진짜 눈이네?"

이제는 한겨울처럼 눈이 펑펑 내리기 시작했다. 그러면서 여기저기 흩어져 있던 면주전의 잔불이 자연스럽게 꺼져버렸다. 면주전 주인은 어리둥절한 눈으로 주변을 바라봤다. 당황한 화길이가 아버지를 바라봤다.

"아버지."

하늘을 올려다보고 있던 아버지가 한참 만에 입을 열었다.

"일단 돌아가자."

한 무리의 환관들은 눈 쌓인 경복궁의 담장과 바닥을 쓰느라 정신이 없었다. 하지만 아무리 쓸어도 눈이 계속 퍼붓고 있어서 금방 쌓여버렸다. 내시부 중에 궁궐 안 청소를 감독하는 정8품 상제들의 재촉에 환관들은 쉬지 않고 비질을 했다. 쏟아지는 눈 사이를 뚫고 환관들이 토해내는 하얀 입김이 허공으로 치솟았다.

임금이 주관하는 회의는 원래 정전인 근정전에서 열기로 했었다. 하지만 갑작스러운 추위가 닥치면서 온돌도 없고 천장이 높은 근정전에서는 도저히 회의를 열 수 없었다. 결국 뒤쪽에 있는 편전인 사정전에서 회의가 열렸다. 임금은 사정전 안으로 공신들, 그중에서도 측근만 불렀다. 내시부의 종4품 상전 중에 임금의 시중을 책임지는 직책의 대전 설리가 숯이 든 화로를 여러 개 가져다 놓고는 솜이불을 꺼내어 벽에 걸어두었다. 덕분에 편전 안은 어두컴컴하긴 해도 추위를 막을 수는 있었다. 옥좌에 앉아 있던 임금이 괴로운 표정을 지었다.

"무더위가 한창인 6월에 때아닌 눈이 내렸도다. 이를 어찌 받아들여야 하는 것인가?"

어찌 받아들여야 하느냐는 말에는 다양하고 복잡한 의도가 들어 있었다. 그걸 잘 아는 대신들은 털방석 위에서 조용히 고개를 조아릴 뿐이었다. 침묵을 견디다 못한 도승지가 먼저 입을 열었다.

"전하! 해괴한 일이 벌어졌으니 해괴제를 지내는 것이 어떻겠습니까?"

도승지의 얘기를 들은 임금은 손바닥으로 용상을 내리쳤다.

"도승지도 밤중에 눈이 얼마나 쌓였는지 두 눈으로 보지 않았느냐? 이게 해괴제를 지내는 것으로 될 거 같은가?"

"하오나, 천지가 뒤바뀌고 계절의 순서가 어그러졌으니 마땅히 하늘에 제를 지내는 것이 도리이옵니다."

임금이 답답하다는 표정으로 고개를 조아린 도승지를 노려봤다. 그러자 조용히 지켜보던 늙은 대신이 입을 열었다.

"신 영의정 한 말씀 올리겠나이다. 도승지의 말대로 일단 해괴제를 지내고 다른 방도도 같이 찾아보시지요."

영의정의 대답을 들은 임금이 얼굴을 살짝 찌푸렸다.

"광성 부원군은 왜 6월에 눈이 내린다고 생각하는가?"

"미욱한 신이 어찌 하늘의 뜻을 알겠습니까? 하늘의 일은 우리로서는 어찌할 도리가 없으니 기다릴 수밖에요."

"어찌 일국의 재상이 그리 마음 편한 소리를 하는가? 지금 궁궐 밖에서는 난리가 났단 말일세."

믿고 의지하던 영의정조차 하늘 운운하는 소리에 임금은 답답해졌다. 고개를 살짝 들고 임금의 용안을 살펴보던 영의정이 다시 고개를 조아렸다.

"신의 말씀은 평상심을 유지해야 한다는 뜻이옵니다."

"6월에 눈이 내리고 추위가 찾아왔는데 어떻게 평상심을 유지해야 한단 말인가? 과인은 도통 모르겠네."

"모든 백성의 시선이 궁궐, 그중에서도 전하를 향하고 있사옵니다. 이럴 때 당황하신다면 다들 얼마나 걱정하겠습니까? 만백성의 어버이이시니 자중하셔야 합니다."

"과인이 가만히 있으면 추위와 눈이 사라지는가?"

"그렇지는 않지만, 움직인다고 추위와 눈이 사라지지는 않사옵니다. 일단, 선전관들을 지방으로 보내 상황을 파악하시옵소서. 어디에 눈이 얼마나 쌓였고, 어떤 곳이 얼마나 추운지 확인하셔야 합니다."

"그다음은?"

"식량과 땔나무를 확보해야지요. 아직 농작물을 수확하지 못한 상황인데 눈이 내렸으니 올해 농사는 없는 거나 다름없으니까요."

영의정의 얘기를 들은 임금은 한숨을 쉬었다.

"알겠네. 일단 상황을 파악해야겠지."

"그리고 도성에 계엄을 내리셔서 오위군이 주변을 빈틈없이 장악하게 하셔야 합니다. 변괴가 생기면 역심이 자라는 법이니까요."

"이 와중에 역심을 걱정하는가?"

역정을 내는 임금에게 영의정이 부드럽게 말했다.

"천재지변이 일어났으니, 누군가는 전하의 부덕함을 탓할 것입니다. 사람은 배고픔이 심해지면 누군가를 미워하게 마련이지요."

영의정은 더 이상 말을 잇지 않고 고개를 조아렸다. 그 모습을 본 임금이 어금니를 살짝 깨물고는 아무 말도 하지 않았다. 영의정이 밉고 얄미웠지만 그가 아니었다면 임금의 자리에 오르기는커녕 진즉에 사약을 마셨거나 저잣거리에 목이 매달렸을 것이기 때문이다. 그런 속마음을 눈치챘는지 영의정이 슬며시 웃었다.

"그러니 전하께서는 자중하시는 모습을 보여주십시오. 방안은 신과 조정 대신들이 찾겠습니다."

"어떤 방안이 있겠는가?"

"일단 눈이 내리지 않는 곳이 있는지 확인해 보는 게 급선무이옵니다. 아울러, 명나라와 왜국에도 눈이 내렸는지 파악해야지요."

"그다음은?"

"앞서 아뢴 대로 오위군을 동원해서 도성을 튼튼히 방비하시고 식량과 땔감을 확보해야 합니다. 무엇보다 도성의 민심을 다스리는 것이 우선입니다."

"눈이 계속 내린다면 어찌해야 하는가?"

임금의 물음에 영의정은 물론 사정전 안의 모든 대신이 입을 다물었다. 지금 잘못 대답했다가는 나중에 무슨 일을 겪을지 모르기 때문이다. 사정전 안의 시선은 임금을 거슬러 영의정에게로 향했다. 고개를 든 영의정이 뜻밖의 얘기를 했다.

"전하, 신이 함께 걷기를 청하옵니다."

임금과 영의정은 경회루로 향했다. 한겨울처럼 얼어붙은 경회루 앞 연못 위로 싸늘한 바람이 스쳐 지나갔다. 두 사람의 뒤로는 내시들이 거리를 두고 따라가는 중이었다. 임금은 허연 입김을 내뿜으며 뒤따라오는 영의정을 힐끔 쳐다봤다.

"사관들을 떼어놓으려고 걷자고 한 것이군."

"그렇습니다. 지금부터는 말 한마디, 걸음 하나가 중요해지니까 말입니다."

"말해보게. 뭘 해야 하는가?"

"진중함을 지키시고 물밑의 움직임을 잘 감시해야 합니다."

"이 와중에 누군가 일을 벌일 것이라고 생각하는가?"

"아까 말씀드렸듯."

미처 치우지 못한 눈 아래 감춰진 빙판을 밟은 듯 영의정이 미끄덩하며 말이 끊겼다. 잠시 후 겨우 균형을 찾은 영의정이 경회루 쪽을 바라보면서 덧붙였다.

"누군가는 이걸 기회라고 생각할 것입니다. 망령된 자들말이옵니다."

"그들을 어찌해야 할까?"

"군사를 동원하고 도성의 민심을 굳건하게 만드셔야지요. 빈틈을 주어서는 아니 됩니다. 그리고……."

영의정이 잠깐 주변을 돌아보고는 이내 말을 이었다.

"계속 날이 추워지면 몽진을 하시는 것도 염두에 두셔야 합니다."

"몽진이라니, 전쟁이 난 것도 아닌데 어찌."

말을 잇지 못하는 임금에게 영의정이 대답했다.

"내일이라도 눈이 멎고 날이 풀리면 재난으로 그칠 것이지만 만약 한 달 내내 눈이 내린다면 어찌 되겠습니까? 과연 오군영의 병사들과 임금의 권위만으로 배고프고 추위에 시달린 백성들을 막을 수 있겠습니까?"

"그들을 피해서 도망치자는 말인가?"

"왕실을 보존해야 국가가 남습니다. 다른 것은 생각하지 마십시오."

"어디로 간다는 말인가?"

"만약 제주도에 눈이 내리지 않았다면 그곳이 갈 만하옵니다."

"제주도라니, 그 궁벽진 곳으로 가야 한단 말인가?"

"최후의 수단이옵니다. 하지만 여기까지 염두에 두지 않으시면 정말 아무것도 하지 못할 수 있습니다. 만에 하나."

이번에는 기침하느라 잠시 말을 멈춘 영의정이 고개를 조아리며 덧붙였다.

"우리나라만 이렇게 눈이 내리고 중국이나 왜는 멀쩡하다면 그들이 가만있겠습니까?"

"군대를 몰아 쳐들어온단 말이지?"

"그러고도 남을 자들입니다. 만 가지 변수가 있을 수 있으니 차분하게 대응하소서. 섣불리 움직이면 아까 신이 그랬던 것처럼 빙판에 미끄러질 수 있사옵니다."

더는 대답할 말을 찾지 못한 임금은 고개를 들고 경회루 지붕을 바라봤다. 연못에 떠 있는 2층 누각인 경회루는 근정전만큼이나 높았다. 그 높다란 경회루 지붕에도 내관들이 사다리를 걸치고 올라가서 눈을 털어내고 있었다. 한 내관은 용마루에서 드리워진 쇠사슬을 잡고 위태롭게 선 채 싸리 빗자루를 휘둘러 눈을 털어내고 있었다. 그 모습을 본 임금이 입김을 내뿜으며 말했다.

"어제까지 멀쩡하던 경회루의 연못이 꽝꽝 얼었군."

"참으로 크나큰 변괴이옵니다. 이럴 때일수록 흔들리시면 아니 되옵니다."

"그렇게 하겠네. 나는 바위처럼, 얼음처럼 버티고 서 있을 것이니, 영의정은 물밑에서 움직여 주시게."

"일단 사면령을 내려서 가벼운 죄를 지은 자들은 풀어주십시오. 그리고 처리해야 할 자들은 은밀히 처리하소서. 후환을 없애고, 입도 줄여야 하니까 말입니다."

"그리하겠네."

둘의 대화는 경회루 뒤쪽에서 들려오는 웃음소리 때문에 잠시 중단됐다. 세자와 어린 내시들이 봉희를 하면서 내는 소리였다. 끝부분이 물소 가죽으로 된 채를 들고 앞장서 건던 세자가 경회루 모서리에 멈춰 서서 말했다.

"이 근처에 분명 와아가 있어야 하는데?"

세자의 말에 어린 내시가 잽싸게 손으로 눈을 파냈다.

"여기 와아가 있습니다요. 여기에 공을 넣으시면 되겠습니다. 눈에 감춰져 있었나 봅니다."

"그럼 여기에 넣으면 되는 거지?"

"물론입죠. 이번에 넣으시면 두 번째로 쳐서 넣는 것이니 산가지 하나를 받으실 수 있습니다요."

세자와 내시들이 웃고 떠드는 소리에 임금의 표정이 일그러졌다.

"지금 한가하게 봉희나 즐기고 있을 때인가?"

"아직 어리시니 너무 나무라지 마소서."

"하나밖에 없는 적장자가 저 모양이라니."

임금이 혀를 차더니 고개를 돌렸다. 그러다가 문득 생각이 났는지 영의정에게 물었다.

"선전관은 언제 떠났지?"

"성창 대군에게 보낸 선전관 말이옵니까?"

임금이 대답 대신 고개를 끄덕거리자 영의정이 대답했다.

"이틀 전에 떠났습니다."

"아직 많이 남았군. 거기다 눈까지 내리니, 이거야 원."

"특별히 충성스러운 자를 뽑아서 보냈으니, 반드시 임무를 수행할 것입니다."

임금이 처연한 말투로 얘기했다.

"죽일 생각까지는 없었네."

그러곤 여전히 웃고 떠드는 세자 쪽을 향해 바라보며 중얼거렸다.

"세자가 저리 미욱하지 않았다면 말이야. 어찌 되었든 조카에게 사약을 보내는 마음이 편치 않구려."

"이럴 때일수록 마음을 굳게 먹으셔야 합니다, 전하."

영의정이 고개를 조아리며 얘기하자 임금은 아무 말 없이 하늘을 올려다봤다. 어제부터 내린 눈은 멈출 기미를 보이지 않았다. 쏟아지는 눈 사이로 임금의 한숨이 섞였다.

얼어붙은 강

닷새 동안 내리던 눈은 이제 더 이상 오지 않았다. 하지만 추위는 가시지 않았다. 화길이는 불채를 만드는 천으로 얼굴과 손을 꽁꽁 감쌌다. 그것도 모자라서 작년 겨울에 샀던 솜 넣은 남바위를 머리에 썼다. 아버지도 개가죽으로 만든 조끼를 입었다. 화길이 아버지는 화길이와 일행들을 데리고 경강으로 향했다. 눈이 오는 며칠 동안 조정에서 급료로 받은 곡식들이 거의 다 떨어져 가고 있던 것이다.

돈이 있어도 시중에서는 쌀을 비롯한 곡식을 살 수 없었다. 눈치 빠른 상인들이 도로 거둬들였기 때문이다. 결국 화길이 아버지는 예전에 살았던 양화진에 가보기로 했다. 혹시나 먹을 것을 구할 수 있을지도 모른다는 희망을 품고서 말이다.

한양은 눈과 얼음으로 덮여버렸다. 집집마다 처마에 날카로운 이빨 같은 고드름이 생겼고, 칼바람이 골목을 헤집었다. 사람들은 아직도 6월에 눈이 내리고 얼음이 언다는 사실을 받아들이기 힘들어 보였다. 장통교를 비롯해서 다리 밑에 살던 거지들이 추위를 이기지 못하고 얼어 죽었다. 도성 안팎의 시신을 매장해 주는 매골승들이 얼어붙은 시신들을 앞에 두고 염불을 외웠다. 그 옆에서는 어제까지 사이좋게 지내던 집안끼리 장작 하나를 두고 죽일 듯이 싸우고 있었다. 아버지를 따라나선 복춘이 아저씨가 어깨를 웅크린 채 중얼거렸다.

"연옥이 따로 없네."

그 와중에 장사에 열을 올리는 쪽도 있었다. 전옥서의 죄수들이다. 그들은 직접 짠 짚신을 판 돈으로 감옥에서 필요한 것들을 사들이곤 했다. 다른 곳보다 훨씬 더 튼튼하게 짚신을 만든 덕분에 인기가 높았는데, 눈이 내린 다음부터는 짚신이 아니라 둥구니신을 만들어서 팔았다. 짚신이나 미투리와는 달리 짚으로 발목까지 엮어 올린 신발은 눈 쌓인 길을 걸을 때 제격이었다. 화길이 아버지가 코웃음을 쳤다.

"이러다 설피까지 팔겠네."

양화진으로 가기 위해서는 남대문인 숭례문을 지나가야만 했는데, 성문 옆에 치워놓은 눈은 황토마루처럼 작은 언덕을 이루고 있었다. 숭례문 밖에 있는 연못인 남지도 얼어붙은 지 오래였다. 덕분에 철부지 아이들은 얼음 위에서 팽이를 돌리고 썰매를 탔다. 온갖 옷가지를 껴입은 사람들이 힘겹게 발걸음을 떼고 있을 무렵, 나무를 가득 실은 지게꾼들은 바쁘게 성문 안으로 들어오고, 성문을 지키는 병사들은 추위를 피해 모닥불 옆에 옹기종기 모여 있었다. 그 모습에 화길이 아버지는 혀를 내두르더니 고개를 돌렸다.

"서두르자."

양화진으로 가는 길은 꽁꽁 얼어붙어서 걷기에 여간 어려운 게 아니었다. 얼음 때문에 몇 번이고 미끄러질 뻔했던 화길이는 아버지의 팔을 붙들고 걸어야 할 정도였다. 복춘이 아저씨는 주변을 돌아보며 투덜거렸다.

"어째 지팡이로 쓸 나무도 안 보이는 거야."

그만 좀 투덜거리라고 말하려다가 화길이는 입을 꾹 다물었다. 숨을 쉬려고 입을 열 때마다 찬 기운이 배 속까지 빨려 들어왔기 때문이다. 며칠 동안 제대로 밥을 먹지 못해서 꼬르륵 소리도 났다. 그래서 밖으로 나가기 싫었지만, 아버지의 엄명을 어길 수 없었기에 어쩔 수 없이 따라나섰던 것이다. 화길이의 마음을 알아챘는지 아버지가 나지막하게 속삭였다.

“힘드냐?”

“네.”

“참아라. 그리고 정신 차려. 안 그러면 꼼짝없이 얼어 죽는다.”

“그냥 숙소에서 따뜻해질 때까지 기다리면 되지 않나요?”

“언제 따뜻해질지 알고? 하늘을 봐라, 하늘을.”

아버지의 말에 화길이는 하늘을 올려다봤다. 회색 구름이 얼어붙은 듯 하늘에는 새 한 마리 날아다니지 않았다.

“하루아침에 다시 날이 따뜻해질 것 같지는 않아. 겨울이야 원래 추우니까 수확한 곡식을 쌓아놓고 버티면 되지만 지금은 수확 전이야. 내일 당장 날이 따뜻해진다고 해도 올해는 굶어 죽는 사람이 수두룩할 거다.”

“설마 그러겠어요. 딴 곳도 아니고 한양인데요.”

왕도인 한양은 혜택이 많은 곳이다. 병이 나서 아프면 혜민서에 가면 되고, 몸이 으슬으슬하고 고뿔이 든 거 같으면 한증승이 운영하는 한증소에 가서 뜨끈하게 몸을 지지면 되었다. 심지어 그곳에서는 죽도 주었다. 하지만 아버지의 생각은 화길이와 달랐다.

“미곡상의 쌀들이 싹 다 들어간 거 모르냐? 나라님이라고 해도 하늘에서 곡식을 뚝 떨어뜨리지는 못한다. 이제 조금만 지나면 먹을 게 없어서 엄청난 다툼이 벌어질 거야."

"그럼 우린 어찌해야 합니까?"

"버텨야지. 어떻게든."

"아버지……."

화길이가 말을 잇지 못하자 아버지가 손을 꽉 잡았다.

"호랑이한테 물려가도 정신만 차리면 산다는 속담이 있어. 날이 아무리 추워도 어딘가에 온기는 남아 있는 법이지."

얘기를 주고받으며 한양에서 차츰 멀어지자 길가에 얼어 죽은 시신들이 보이기 시작했다. 하지만 살아 있는 사람 그 누구도 그들에게 관심을 기울이지 않았다. 오히려 그들이 입고 있던 갓이나 옷 같은 것들을 챙기기 바빴다. 삶과 죽음이 차갑게 갈리는 순간들을 지나치며 화길이 일행은 양화진에 도달했다. 언덕 위에서 양화진과 경강을 내려다본 화길이의 귀에 아버지의 얘기가 얼음처럼 차갑게 들려왔다.

"다 얼어붙었군."

아버지의 말대로 경강은 눈에 보이는 곳 전부가 꽁꽁 얼어붙어 있었다. 나루터에 정박한 배들도 얼음에 갇혀서는 며칠 동안 내린 눈을 고스란히 뒤집어쓰고 있었다. 돛대 위에 앉아 있던 새는 추위에 얼어붙은 듯 날갯짓조차 하지 않았다. 화길이가 중얼거렸다.

"한겨울에 얼음 캘 때 같아요."

가끔 멸화군은 장빙업자의 돈을 받고 경강의 얼음을 떼어 주기도 했다. 마치 그때를 보는 것 같았다. 화길이는 마음속을 파고드는 한기에 저도 모르게 옷깃을 여몄다. 마른침을 삼킨 아버지의 표정은 정말 어두웠다. 한동안 얼어붙은 경강에서 눈을 떼지 못하던 아버지가 싸늘하게 말했다.

"돌아가자."

한양으로 돌아가는 길, 그쳤던 눈이 다시 내렸다. 하늘을 올려다본 아버지가 한숨을 쉬었다.

"아예 희망을 갖지 말라는 뜻인가?"

다행히 둥구니신을 신고 있어서 발이 좀 덜 시렸다. 한양의 성벽이 보일 때까지도 눈은 쉬지 않고 내렸다. 같이 왔던 복춘이 아저씨는 더 이상 투덜거리지 않았다. 모두 바위에 앉아 잠시 쉬고 있을 때, 아버지가 복춘이 아저씨를 향해 말했다.

"이제 정신 바짝 차려야 해. 가족들을 모두 멸화군 숙소로 불러들여."

"아니, 가뜩이나 우리도 먹을 게 없는데, 가족들까지 들이라굽쇼?"

"그대로 놔두면 가족들을 먹여 살리느라 멸화군이 흩어지게 될 거야."

"차라리 그러라고 하십쇼. 그 많은 입을 어찌 먹여 살린단 말입니까?"

화길이 아버지와 복춘이 아저씨의 말다툼은 아까 지나쳤던 숭례문 밖 연못인 남지 앞에 이르렀을 때야 멈췄다. 신나게 놀던 아이들은 이제 보이지 않고, 그곳엔 나무 지팡이를 들고 송낙을 쓴 노인이 서 있었다. 화길이가 중얼거렸다.

"스님인가?"

한양 안에는 매골승이나 한증승같이 조정의 허락을 받은 스님만 드나들 수 있었다. 따라서 보통 성벽 근처에 다른 스님이 나타나면 쫓겨나기 일쑤였다. 하지만 한여름에 눈이 내리는 지금 상황에서는 아무도 신경 쓰지 않는 모양이었다. 스님 주변으로 사람들이 잔뜩 몰려 있었다. 화길이 아버지와 일행도 자연스럽게 그곳으로 발걸음을 옮겼다. 사람들이 어느 정도 모이자 스님은 뒤쪽 성벽을 바라보면서 말했다.

"자, 보시오! 온 세상이 얼어붙었소이다. 곡식이 익어가고 햇살이 따사로울 6월에 말이오. 여름에는 뜨겁고 겨울에는 추운 것이 세상의 이치인데 거꾸로 가버린 것이외다. 이것은 부처님의 노여움이라는 것을 제외하고는 설명할 길이 없습니다."

스님의 말에 사람들이 허리를 굽히며 연신 맞다고, 살려달라고 외쳤다. 그러자 스님이 더욱더 큰 목소리로 얘기했다.

"한창 자라야 할 곡식들이 서리를 맞고 죄다 얼어붙었소. 이제 곳간의 곡식이 바닥나면 굶어 죽을 수밖에 없는 상황이외다. 그런데 만백성의 어버이라는 임금은 어디에 있소? 구중궁궐에서 따뜻하고 배부르게 지내고 있는 게 틀림없소. 나라가 망해가고 백성들이 굶어 죽고 있는 이 와중에 말이오! 이것이 모두 나라가 불교를 억압하고 탄압해서 부처님이 분노해서 벌어지고 있는 일입니다. 지금이라도 당장 사찰에 가서 무릎을 꿇고 부처님께 용서를 빌지 않으면 하늘에서는 계속 눈이 내리고 온 세상이 얼어붙을 것이오!"

화길이 아버지가 혀를 찼다.

"세상이 미쳐 돌아가니 괴승이 나타나는군."

"그러게 말입니다. 이러다가 진짜 다 굶어 죽게 생겼습니다."

복춘이 아저씨가 맞장구를 치고는 좌우를 둘러보다가 조심스레 말했다.

"임금이 종친들을 데리고 따뜻한 곳으로 피난을 간다고 합니다."

"어디서 그런 소리를 들었어?"

화길이 아버지가 성난 표정으로 묻자 복춘이 아저씨가 찔끔하며 답했다.

"옆집에 사는 무당이 귀띔해 줬습니다."

"이럴 때일수록 정신을 차려야지. 저런 헛소리에 귀를 기울인다고 하늘에서 밥이 떨어져? 쌀이 떨어져?"

호통을 친 아버지가 숭례문을 향해 걸어갔다. 그러자 복춘이 아저씨가 종종걸음으로 따랐다. 때마침 숭례문에서 한 무리의 갑사들이 뛰쳐나왔다. 살벌한 분위기에 놀란 화길이가 아버지 품에 파고들었다.

"아버지!"

갑사들이 연못 앞에 있던 스님을 둘러쌌다. 그러곤 다짜고짜 스님을 바닥에 쓰러뜨리더니 창칼로 무참하게 난도질했다. 화길이는 입을 다물지 못했다. 하얀 눈 위로 선홍색 피가 마구 튀었다. 백성들이 비명을 지르며 뒤로 물러났다. 갑사들은 난도질한 스님의 목을 잘라 보자기에 집어넣고는 피가 뚝뚝 떨어지는 보자기를 들고 한양 안으로 들어갔다. 그 모습을 지켜보던 복춘이 아저씨가 바닥에 침을 뱉으며 중얼거렸다.

"이 나라는 법도 없나? 다짜고짜 사람들을 죽여, 죽이기는."

"나라가 어지러운데 요상한 소리를 하니까 그렇지."

아버지 말에 복춘이 아저씨가 얼굴을 찡그렸다.

"그래도 그렇지, 저렇게 죽이면 어찌합니까? 그런다고 사람들이 진정할 거 같아요?"

복춘이 아저씨 말대로 그곳에 있던 사람들은 하나같이 분개했다. 주먹을 쥐고 소리를 지르거나 바닥을 치면서 통곡했다. 그걸 본 화길이 아버지가 말했다.

"진짜 시간문제네."

"뭐가 시간문제라는 거예요?"

화길이의 물음에 아버지가 답했다.

"사람들이 이성을 잃는 게 말이다."

"그럼 어떻게 되는데요?"

화길이가 다시 묻자 이번에는 복춘이 아저씨가 대답했다.

"어떻게 되긴, 사람을 잡아먹겠지."

그러고는 입으로 뭔가를 씹는 시늉을 했다. 그런 복춘이 아저씨에게 아버지가 호통을 쳤다.

"아이한테 못 하는 소리가 없어!"

"아이고, 죄송합니다."

"숙소에 도착하자마자 무기가 될 만한 것부터 찾아."

"어디 곳간이라도 털게요?"

"농담하지 말랬지! 이제 사람들이 이성을 잃으면 어디든 공격하기 시작할 거야."

"멸화군인 우리를 말입니까? 아닌 말로 우리가 아니면 한양은 진즉에 불바다가 되었을 겁니다."

"눈이 쌓이고 권력이 사라지면 우리가 뭘 했는지 까맣게 잊어버리겠지. 서둘러야겠어."

"차라리 한양을 떠나서 다른 곳으로 가면 안 될까요?"

"어디로? 지금 같은 상황에서 뜨내기들이 어떤 취급을 받을지 몰라?"

화길이 아버지의 호통에 복춘이 아저씨가 아무 말도 하지 못했다.

멸화군 숙소로 돌아오자마자 아버지는 이것저것 지시를 내렸다. 대문을 보강하고 담장을 높이게 했고, 멸화군의 가족들을 모두 모이게 했다. 그러나 개중에 몇몇은 가족들을 데리고 종적을 감춰버렸다. 사람들이 늘어나면서 숙소는 북적거렸다. 그렇게 숙소를 요새처럼 만든 아버지는 밖으로 나가서 식량과 땔감을 구했다. 가끔 화길이가 따라 나가기도 했는데, 시간이 지날수록 상황이 안 좋아지는 게 피부로 느껴졌다.

눈은 계속 쌓였고 집들은 얼음으로 뒤덮였다. 길거리에는 얼어 죽거나 굶어 죽은 사람들의 시신이 차츰 늘어났다. 이제는 시신을 치우고 장례를 치러주는 매골승도 보이지 않았다. 어느 날 땔감을 구하지 못해 빈손으로 돌아오던 중이었다. 화길이는 원각사 부근에서 한 무리의 사람들을 발견했다. 앞장섰던 아버지가 조용히 숨으라는 손짓을 했다. 화길이는 얼른 골목길 안으로 숨었다. 그러곤 고개를 내밀고 큰길 쪽을 바라봤다.

잠시 후, 한 무리의 사람들이 나타났다. 다들 발목까지 쌓인 눈을 헤치고 가느라 속도가 느렸다. 그 모습을 보던 화길이가 눈을 찌푸렸다.

"뭘 매달고 가는 거죠?"

대답은 복춘이 아저씨가 했다.

"사람 머리를 창에 꿰고 가네."

화길이는 놀라워하며 다시 그들을 쳐다봤다. 앞장선 이는 복장으로 봐서 무당이 틀림없었다. 그리고 무당이 든 창에는 복춘이 아저씨 말대로 피가 뚝뚝 떨어지는 사람 머리가 꿰어져 있었다. 그 뒤로는 백성들이 수도 없이 따라가고 있었는데, 그중에는 무당이라면 딱 질색하는 양반들도 포함되어 있었다. 복춘이 아저씨가 중얼거렸다.

"진짜 말세로구나, 말세."

"그나저나 어딜 가는 거지?"

화길이 아버지의 물음에 복춘이 아저씨가 대답했다.

"저기로 가면 종묘입니다."

"설마? 거기로 가는 건 아니겠지?"

그 말에 대답이라도 하듯 앞장선 무당이 외쳤다.

"자, 여러분! 종묘로 갑시다! 거기에 제사 때 바치는 제물들이 있을 겁니다. 산 사람도 죽어가는 판국에 제사가 무슨 소용이겠습니까? 저를 따라오십시오."

화길이는 어처구니가 없다는 듯 중얼거렸다.

"어떻게 저런 말을?"

그러자 복춘이 아저씨가 대꾸했다.

"나는 이해한다."

"뭘요?"

"사흘 굶으면 담장 안 넘는 놈 없다고 했다. 굶어 죽게 생겼는데 종묘건 궁궐이건 무슨 소용이겠어. 이래 죽으나 저래 죽으나 매한가지인데 말이야."

복춘이 아저씨의 말에 화길이 아버지가 한소리를 했다.

"쓸데없는 소리 그만하고 어서 앞장서. 숙소로 돌아간다."

복춘이 아저씨는 입을 삐죽 내밀었다. 그러곤 골목길 안쪽으로 발걸음을 옮겼다. 좁은 골목길 양쪽 처마에 고드름이 송곳처럼 매달려 있었다. 그 모습을 지켜보던 화길이 아버지가 깊게 한숨을 내쉬었다.

추위는 한 달 내내 이어졌다. 눈이 연달아 내리고 추위가 가실 기미를 보이지 않자 도성의 분위기는 극도로 흉흉해졌다. 사람들은 무리를 지어 다니면서 식량과 땔감을 강제로 빼앗았고, 반항하는 사람이 있으면 때려죽이는 걸 마다하지 않았다. 그래서 한양에는 굶어 죽거나 얼어 죽는 사람들만큼이나 맞아 죽고 찔려 죽은 사람들이 늘어났다. 약탈하고 불을 질러서 도성 곳곳에 불길이 치솟는 일도 빈번하게 일어났다. 다행히 멸화군에는 아버지를 비롯한 장정이 많아서 숙소가 공격당하거나 침입해 오는 일이 없었고, 급료로 받아둔 곡식을 아끼고 아껴서 그럭저럭 버틸 수 있었다.

화길이 아버지는 틈틈이 멸화군을 이끌고 밖으로 나가서 먹을 것이나 장작을 구해 왔다. 그리고 바깥 동정을 살피기 위해 복춘이 아저씨를 내보냈다. 호기심이 많고 말재주가 좋은 복춘이 아저씨는 온갖 소문들을 가지고 돌아왔다. 높아진 담장 밖의 세상이 궁금해진 사람들에게 복춘이 아저씨는 바깥으로 이어지는 통로나 다름없었다. 오늘도 복춘이 아저씨는 다른 날처럼 아침 일찍 주먹밥 하나만 먹고 나가서 해 질 무렵에나 돌아왔다. 한낮에 나간 아버지와 다른 어른들은 아직 돌아오지 않은 상태였다. 묽은 죽으로 배를 채운 화길이와 멸화군 가족들은 툇마루에 앉아 미약한 햇살을 쪼이면서 복춘이 아저씨의 얘기에 귀를 기울였다.

"지난번 그 무당이 다시 사람들을 모아서 종묘를 공격한다는구먼."

"조정에서 가만히 있는데요?"

화길이의 물음에 복춘이 아저씨가 피식 웃었다.

"가만있지 않으면? 급료를 못 줘서 군인과 관리 들이 코빼기도 안 보여."

틀린 얘기가 아니라서 화길이는 그저 한숨만 쉬었다. 끝에 앉아 얘기를 듣던 상관이 아저씨가 고개를 절레절레 저었다.

"나라가 진짜 망하려나 봐."

조심성 많던 복춘이 아저씨가 갑자기 얼굴을 붉히며 격한 말을 내뱉었다.

"이딴 나라는 망해야지. 한양 백성들이 절반은 굶어 죽거나 얼어 죽었는데 염병할, 나라님은 보이지도 않잖아."

어안이 벙벙해진 상관이 아저씨가 손사래를 쳤다.

"아니, 이 사람아! 경을 칠 일 있어? 입조심해."

"입조심할 일이 뭐가 있다고? 소문 못 들었어?"

"무슨 소문?"

"남쪽 바다가 죄다 얼어서 왜놈들이 넘어온다는 소문 말이야."

"왜놈들이?"

사람들이 소스라치게 놀라워했다. 그러자 복춘이 아저씨가 덧붙였다.

"동래에서는 바다를 건너오는 왜구들이 피우는 불이 보인다고 하더라. 그뿐인 줄 알아?"

"또 다른 일도 있어?"

"유배 간 성창 대군이 반란을 일으켰다고 그러던데."

"성창 대군이요?"

화길이 옆에 있던 부광이가 아는 척을 하자 복춘이 아저씨가 침을 튀기며 말했다.

"그래, 유배지에서 사람들을 모아서 한양으로 쳐들어오는 중이라고 하더구나. 곧 들이닥치면 임금이랑 대신들 씨를 말려버린다고 하더라. 그리고 지난번에 종묘로 쳐들어갔던 무당이 묘화인데, 성창 대군이랑 손잡고 한양을 쑥대밭으로 만들 거라는 소문도 돌고 있어."

복춘이 아저씨는 양주에서 머리 세 개 달린 송아지가 태어났고, 하늘에서 키가 스무 척이나 되는 거인이 나타났다는 얘기도 들려줬다. 어쩐지 뜬구름 잡는 얘기에 사람들이 지쳤는지 하나둘씩 자리를 일어섰다. 화길이도 슬쩍 자리에서 일어나 측간이 있는 뒤뜰 쪽으로 갔다. 그런데 상관이 아저씨가 할 얘기가 있다는 표정으로 슬며시 화길이를 따라왔다. 화길이는 걸음을 멈추고 상관이 아저씨를 돌아봤다. 상관이 아저씨가 주변을 살피더니 말했다.

"복춘이가 좀 이상한 거 같아."

"어디가요?"

"말이 자꾸 거칠어지잖아. 예전에도 말이 많긴 했지만 위험한 얘기는 하지 않았는데 말이야."

"확실히 달라지긴 했어요."

"내가 몇 번 따라나가 봤잖아. 근데 종종 혼자 사라지더라고. 어딜 가봐야 한다고 하면서 말이야. 지난번에는 쫓아가 보니까 묘화라는 무당과 얘기하고 있었어."

"묘화라면, 아까 말했던 그 무당이잖아요."

"그래, 그 무당이 사람들을 선동해서 한양에 불을 지르고 다니고 있어. 혹시 그 무당에게 넘어가서 우리들을 넘길 수도 있지 않을까 하는 생각이 들어."

"우리를 넘기다니요?"

"묘화라는 무당이 어디를 공격하라고 명령하면 사람들이 몰려가서 부수고 불을 질러. 지금까지는 잘 버텼지만, 만약 지금처럼 네 아버지랑 장정들이 나가 있을 때 쳐들어오면?"

겁이 났는지 상관이 아저씨는 말을 잇지 못했고, 그건 화길이도 마찬가지였다.

"어떡하죠?"

"일단 눈치채지 못하게 복춘이를 가둔 다음 문단속을 해야 할 거 같아. 특히, 작은 문."

"작은 문이요?"

"어, 큰 문은 주변에 사람도 많고, 충분히 막아놨잖아. 하지만 작은 문은 계속 드나들어서 말이야."

상관이 아저씨가 걱정스러운 눈빛으로 측간이 있는 뒷마당 구석의 작은 문을 가리켰다. 상관이 아저씨 말대로 그곳은 사람들 드나드는 문으로 쓰기 때문에 막아놓지 않은 상태였다. 성나고 굶주린 사람들이 그 문으로 들이닥치는 모습을 떠올리며 화길이는 서둘러야겠다는 생각을 했다. 그때 뒤에서 복춘이 아저씨의 목소리가 들렸다.

"여기서 뭣들 해?"

뒤를 돌아보니 복춘이 아저씨가 뒷짐 지고 걸어오는 중이었다. 손에 뭘 쥐고 있을까 봐 살짝 겁을 먹은 화길이를 대신해 상관이 아저씨가 말을 걸었다.

"그냥, 얘기 좀 하고 있었어. 어쩐 일이야?"

"잠깐 밖에 나갔다 오려고."

"어디?"

"청계천 쪽. 거기에서 물을 퍼올 수 있는지 슬쩍 보고 올게. 금방 올 거니까 문은 잠그지 마."

복춘이 아저씨의 얘기를 듣자 화길이의 의심은 확신으로 변했다. 상관이 아저씨가 조용히 뒤로 돌아가서 툇마루에 기대놓은 몽둥이를 집어 들었다. 그걸 본 화길이는 복춘이 아저씨에게 말을 걸었다.

"아저씨 덕분에 바깥 사정을 잘 들을 수 있어서 좋아요."

"내가 할 일을 하는 거지, 뭐."

"날이 언제쯤 풀릴까요?"

"글쎄다."

화길이가 말을 거는 사이, 조용히 등 뒤로 접근한 상관이 아저씨가 몽둥이로 복춘이 아저씨의 머리를 내리쳤다.

"으악!"

화길이는 비명을 지르며 주저앉은 복춘이 아저씨에게 덤벼들었다. 그리고 재빨리 이마의 두건을 벗겨 아저씨의 두 팔을 묶어버렸다. 복춘이 아저씨의 머리에서 피가 흐르고 있었다.

"무, 무슨 짓이야!"

상관이 아저씨는 그 말을 무시한 채 복춘이 아저씨를 질질 끌고 가서 근처 곳간에 가뒀다. 한숨을 돌린 화길이에게 상관이 아저씨가 말했다.

"복춘이가 꼬드긴 사람들이 더 있을지 몰라. 일단 네가 가서 대문을 지키도록 해. 내가 뒷문을 지키면서 한 명씩 살펴보마."

"고맙습니다."

"이럴 때일수록 정신 바짝 차려야 한다. 대장 올 때까지는 잘 버텨야 해."

"알겠어요, 아저씨."

한시름을 놓은 화길이가 대문 쪽으로 걸어갔다. 사람들은 뒷마당에서 무슨 일이 벌어졌는지 모른 채 삼삼오오 모여서 햇볕을 쬐거나 졸고 있었다. 대낮인데도 그곳에는 아주 미약한 햇살만이 비추고 있었다. 그게 사실상 온기의 전부였다. 대문 앞을 지키던 사람들은 뭐라고 속삭이더니 화길이를 보자 갑자기 딴청을 피웠다. 특히 부광이는 의심스럽게도 뒷마당 쪽으로 가려고 했다. 화길이가 그 앞을 막으며 물었다.

"무슨 얘기했어?"

"별 얘기 아니야."

부광이의 대답에 화길이는 목소리를 높였다.

"어떤 내용이길래 나한테 비밀로 하는데?"

사람들의 시선이 모이자 부광이가 서둘러 화길이의 팔을 잡았다.

"갑자기 왜 이래?"

"너야말로 뭘 감추는데?"

화길이의 눈빛을 본 부광이가 한숨을 쉬었다.

"안 그래도 얘기할까 말까 하고 있었어."

"뭔데?"

"상관이 아저씨가 좀 이상해."

"뭐라고? 복춘이 아저씨가 아니라?"

"사실 복춘이 아저씨한테 들었는데, 상관이 아저씨가 묘화라는 무당이랑 만나서 얘기 나누는 걸 봤대."

"정말?"

놀란 화길이에게 부광이가 말했다.

"그래, 요즘 묘화라는 무당이 도성의 백성들을 선동해서 이곳저곳을 약탈하고 불태우고 있어. 그런데 상관이 아저씨가 묘화한테 여기 누가 있는지, 내부 구조가 어떤지 얘기했다고 하더라고."

"진짜로?"

"응. 그래서 일단 복춘이 아저씨가 상관이 아저씨랑 얘기 좀 나눠보겠다고 했어. 그리고 나는 다른 아저씨들이랑 어떻게 할지 얘기를 나누고 있었고."

부광이의 얘기를 들은 화길이가 소리쳤다.

"뒷문!"

"왜?"

"상관이 아저씨가 혼자 뒷문 쪽에 있어."

화길이의 말에 부광이가 새파랗게 질린 얼굴로 후다닥 뛰어갔다. 그 뒤를 따라 화길이도, 사람들도 뒷마당으로 향했다. 행랑채 사이를 지나자 뒷문의 빗장을 풀고 나가는 상관이 아저씨의 모습이 보였다.

"아저씨!"

놀란 화길이가 소리를 질렀지만 상관이 아저씨는 들은 척도 안 하고 문을 활짝 열었다. 그러자 밖에서 대기하고 있던 수십 명의 남녀가 몽둥이와 낫 같은 것을 손에 들고 안으로 들어섰다. 추위에 시달린 피부와 광기에 젖은 눈에는 생기가 하나도 없었다.

"무슨 짓이에요!"

부광이가 버럭 고함을 지르자 상관이 아저씨가 고개를 저었다.

"세상이 바뀌었어. 이제 새로운 주인을 모셔야지."

"그럴 거면 조용히 혼자 가서 섬기든지 해야지, 왜 이곳으로 끌어들입니까?"

화길이의 말에 상관이 아저씨가 차갑게 대답했다.

"다 불태워야 하니까. 잿더미 속에 새로운 세상이 만들어질 거야."

상관이 아저씨가 두 팔을 벌리더니 침입한 무리에게 말했다.

"저기 행랑채에 곡식들을 쌓아놓았소이다. 장작은 대문 옆 토방에 쌓아뒀고 말이오. 멸화군의 절반은 먹을 걸 구하러 나가서 장정들은 저들이 전부요."

화길이는 서둘러 무기가 될 만한 걸 찾았다. 그때 부광이가 토방에 있던 몽둥이와 장대 들을 들고 나왔다. 급한 대로 장대를 하나 챙긴 화길이는 상관이 아저씨에게 말했다.

"지금이라도 나가면 없던 일로 할게요. 아버지가 곧 돌아오실 거예요."

"네 아버지가 돌아와도 묘화 님은 못 막는다. 한양을 다 불태워버릴 거야. 멸화군 숙소도 포함해서 말이야."

그 말이 신호였는지 뒤에 있던 침입자 무리가 횃불을 던졌다. 비록 눈과 얼음에 쌓여 있다고는 해도 나무로 된 집에 횃불이 떨어지자 연기가 모락모락 피어올랐다. 놀란 사람들이

"불이야!" 하고 비명을 질렀고, 상관이 아저씨와 침입자 패거리는 소리를 지르며 달려들었다. 상관이 아저씨의 목소리가 화길이의 귀를 파고들었다.

"곡식은 빼앗고, 여기는 모두 불태워버려."

"막아요!"

화길이가 장대를 휘두르며 소리치자 부광이도 몽둥이를 휘두르며 저항했다. 하지만 상대편 수가 워낙 많은 데다가 낫이나 도끼 같은 날붙이를 갖고 있는 탓에 차츰 밀려날 수밖에 없었다. 아이들의 비명이 울려 퍼지는 가운데 기세를 올린 침입자 무리가 횃불로 곳곳에 불을 질렀다. 초가지붕으로 된 곳간은 삽시간에 연기를 모락모락 피우며 불타올랐다. 기둥을 타고 올라간 연기가 차츰 지붕을 감쌌다. 화길이는 대들보 안으로 불길이 스며 들어가면 어떤 일이 벌어지는지 알기에 다급해졌다.

"이러다 다 불타버리고 말겠어!"

다급한 마음에 치고 나가던 화길이는 상관이 아저씨가 휘두른 몽둥이를 피하려다가 엉덩방아를 찧고 말았다. 얼얼한 엉덩이를 손으로 쓰다듬는데 상관이 아저씨가 도끼를 들고 다가왔다.

"아, 아저씨!"

"날 원망하지 마라. 이게 다 새로운 세상을 위한 길이니까."

상관이 아저씨의 눈이 광기에 번뜩였다. 너무 무서운 나머지 화길이는 상관이 아저씨를 제대로 쳐다보지도 못했다. 상관이 아저씨가 두 손으로 도끼를 높이 치켜들고는 점점 가까이 다가왔다. '이제 끝인가 봐' 하고 화길이가 눈을 질끈 감을 때였다. 낯익은 목소리가 들려왔다.

"이게 무슨 짓들이야!"

눈을 뜨자 뒷문으로 들어선 아버지가 보였다.

"아, 아버지!"

화길이 아버지의 어깨에는 얼어붙은 생선 한 두름이 걸쳐져 있었다. 아버지의 등장에 순간 모두가 얼어붙었다. 아버지의 눈길이 도끼를 치켜든 상관이 아저씨에게 쏠려 있었다.

"너, 이 새끼! 무슨 짓이야!"

화길이 아버지는 단숨에 달려들어서 상관이 아저씨를 들이받아 버렸다. 상관이 아저씨가 훅 날아가 기둥에 부딪치더니 이내 바닥으로 떨어져 축 늘어졌다. 그걸 본 침입자 패거리 중 하나가 낫을 휘두르며 화길이 아버지에게 덤벼들었다. 화길이 아버지는 어깨에 걸친 생선 두름을 잡고 휘둘렀다. 추운 겨울이라 딱딱하게 얼어붙은 생선에 맞은 상대방은 비명을 지르며 주저앉았다.

멸화군이 포위하자 침입자 패거리의 살기등등하던 기세는 물벼락을 맞은 불처럼 금세 사그라들었다. 특히 화길이 아버지가 양손에 생선 두름을 들고 휘두르자 패거리가 추풍낙엽처럼 나가떨어졌다. 그들은 쓰러진 상관이 아저씨를 버려두고 들어왔던 뒷문으로 도망쳤다. 그리고 그렇게 상황은 마무리되었다. 겨우 위기를 넘긴 화길이는 부광이의 부축을 받으며 일어났다. 화길이 아버지가 서둘러 말했다.

"얼른 빗장 채우고 불부터 꺼!"

화길이 아버지의 지시에 사람들이 일사불란하게 움직였다. 하지만 물이 없어서 쉽게 불을 끄지는 못했다. 어쩔 수 없이 불채에 눈을 묻혀 불똥을 끄고 고드름을 떼어서 던지는 방식으로 겨우 불을 껐다. 그럼에도 불구하고 멸화군 가족들이 머무는 행랑채는 물론이고 대부분의 전각이 불에 타버리고 말았다. 당장은 멀쩡해 보여도 대들보까지 불길이 스며들어 있는 탓에 금방 무너질 터였다. 뒤늦게 풀려난 복춘이 아저씨는 겨우 정신을 차린 상관이 아저씨에게 주먹질을 했다.

"이 미친놈아! 이게 무슨 짓이야!"

피투성이가 된 상관이 아저씨는 새로운 세상을 위해서라는 말만 반복했다. 화길이 아버지가 툇마루에 앉으며 복춘이 아저씨를 말렸다.

"그러다 죽이겠어. 그만해라."

"이놈은 죽어도 싼 놈이요. 내가 묘화인지 뭔지를 믿고 싶으면 작별 인사나 하고 조용히 가라고 했는데, 이렇게 배신을 해? 그때 네놈을 끌어내는 게 아니었어. 그냥 그 불구덩이 속에 놔두고 왔어야 했는데."

언제라고는 얘기하지 않았지만 화길이가 겁먹기 시작했던, 당시 복춘이 아저씨가 지붕에 깔린 상관이 아저씨를 구하기 위해 불 속으로 뛰어들었던 그날을 이야기하는 게 분명했다.

눈이 오기 전, 용산강 어느 창고에서 불이 난 적이 있었다. 그때 화길이는 지붕에 올라가는 상관이 아저씨를 위해 사다리를 걸쳐놓고 붙잡고 있었다. 그런데 갑자기 생각지도 못한 불길이 사다리에 옮겨붙었고, 놀란 화길이는 소리를 지르며 물러났다. 그 바람에 사다리가 무너지면서 상관이 아저씨가 추락해 기둥과 부딪쳤다. 곧 불붙은 지붕이 무너지면서 그 아래 여러 명이 깔렸다. 다행히 복춘이 아저씨와 아버지가 뛰어 들어가서 구출한 덕분에 죽거나 심하게 다친 사람은 없었다. 하지만 자신의 실수 때문에 사람이 죽을 뻔한 걸 본 화길이는 그 후 겁을 먹고 소극적으로 변했다.

복춘이 아저씨에게 두들겨 맞으면서 횡설수설하던 상관

이 아저씨는 바닥에 주저앉아서 엉엉 울었다. 그제야 화길이는 싸늘한 한기가 느껴져 옷깃을 여몄다.

툇마루에서 일어난 화길이 아버지가 쓰러진 상관이 아저씨에게 다가갔다. 누워 있던 상관이 아저씨가 피범벅이 된 이빨을 드러내며 웃었다.

“날 죽이쇼. 배신자는 용서하지 않잖아요.”

“넌 죽일 가치도 없어. 묘화 패거리에 빌붙어서 그 천한 목숨을 연명해라. 다음에 눈에 띄면 그때는 내 손으로 허리를 분질러 버리겠어.”

상관이 아저씨는 비틀거리면서 일어나더니 빗장을 풀었던 뒷문으로 떠밀려 갔다. 빗장을 다신 채우던 복춘이 아저씨가 흐느껴 울었다. 화길이 아버지가 말했다.

“다들 정신 차려! 불이 난 건 어쩔 수 없고, 살릴 수 있는 것들은 살려야지. 얼른 정리해 보자.”

화길이 아버지의 서슬 푸른 호통에 다들 꿈에서 깨어난 듯 급히 움직이기 시작했다.

비록 침입자들은 물리쳤어도 피해는 막심했다. 눈과 추위를 막아주던 건물들이 불에 타면서 크고 작은 피해를 입었다. 대들보까지 타버린 건물들은 눈이 다시 오면 견디지 못하고 주저앉을 것만 같았다. 죽은 사람은 없지만 부상을 입은 사람들이 많았다. 화길이 아버지도 그중 한 명이었다. 침입자 패거리 중 하나가 낫으로 정강이를 그어버린 것이다. 생각보다 상처가 깊어서 피가 적지 않게 흘러나왔다. 화길이는 자신의 실수로 이번 일이 벌어졌다며 크게 자책했다. 부광이가 괜찮다고 위로해도 화길이는 자책을 멈추지 않았다.

"나 때문이야. 내가 상관이 아저씨 말에 넘어가는 바람에 일이 커졌어."

그런 화길이에게 지팡이를 든 아버지가 다리를 절뚝이며 다가왔다. 부광이는 자연스럽게 자리를 비켜주었다. 그러자 뒷마당에는 둘만 남았다. 아버지가 끙 하고 신음 소리를 냈다. 화길이가 물었다.

"다리는 좀 어때요?"

"날이 추워서 그런지 금방 아물지 않는구나."

"저 때문이에요."

"상관이는 간교한 놈이었어. 걔가 여리꾼 출신인 거 알지?"

"네."

"여리꾼은 어수룩한 손님을 상점 주인에게 소개해 주고 삯을 받으며 살지. 오직 입으로만 돈을 버는데 얼마나 잘하겠어. 네가 속아 넘어간 건 어쩔 수 없는 일이니까 너무 자책

하지 마라. 다른 누구라도 넘어갔을 거야.”

“그래도요. 제가 속아 넘어가서 아버지도 다치고 숙소도 불타버렸잖아요.”

화길이는 고개를 숙인 채 흐느껴 울었다. 화길이의 등을 토닥이던 아버지가 말했다.

“지난 일은 지난 일일 따름이다. 그걸 자꾸 생각하면 앞으로 나아갈 수가 없어. 앞으로 힘든 날들이 이어질 거다.”

“지금보다 더 나빠질까요?”

화길이가 고개를 들며 묻자 아버지가 차가운 한숨을 쉬었다.

“한양은 이제 무법천지다. 아무래도 임금은 도성을 떠난 거 같아. 군졸들은 임금을 따라갔거나 뿔뿔이 흩어졌겠지.”

“도성이 텅 비었다는 얘기예요?”

“그래. 나는 그래도 임금이 이곳에서 버틸 줄 알았는데 상황이 여의치 않다고 봤나 봐. 이제 묘화 같은 무녀들에게 휘둘린 자들의 횡포가 더 심해질 거다.”

“그럼 우리는 이제 어떡하죠?”

“아무래도 양화진 쪽으로 옮겨야겠다.”

아버지의 얘기를 들은 화길이가 입을 열었다.

“거긴 괜찮을까요?”

"이번에 가보니까 얼음이 두껍게 얼긴 했어도 그 아래 물고기들이 제법 있더구나. 얼음을 녹여서 물로 쓰고 물고기를 잡아서 먹으면 어떻게든 버틸 수 있을 것 같다."

"거기로 떠나시게요?"

"응, 놈들이 물러나긴 했지만 여기에 또 오지 말라는 법이 없으니까. 그리고……."

잠깐 말을 끊은 아버지가 화길이의 눈을 똑바로 쳐다보며 얘기했다.

"너는 우리랑 같이 가지 않을 거다."

"네? 그럼 전 어디로 가요?"

놀란 화길이의 물음에 아버지가 북쪽 하늘을 바라봤다.

"너는 부광이와 함께 북쪽으로 가야 한다. 백두산으로."

"부광이랑요?"

"그래, 개는 눈치도 빠르고 몸도 날래니까 도움이 될 거다. 먼 길이니까 혼자 가는 것보다 둘이 가는 게 나을 거야."

"백두산이면 여기서 엄청나게 멀리 떨어진 곳 아니에요?"

"그래, 수천 리 떨어진 곳이지. 야인들이 사는 곳과 조선의 경계니까 말이야."

"왜 제가 거기로 가야 해요?"

"거기에 가서 우리가 지낼 만한 곳을 찾아보거라."

"한양도 이렇게 추운데 북쪽은 더 춥지 않겠어요?"

화길이의 물음에 아버지는 고개를 저으며 대답했다.

"백두산은 화산이라 따뜻한 물이 곳곳에 나와. 물이 따뜻하면 주변도 따뜻할 것이 분명하니, 사람이 살 만한 곳이 있을 거다. 특히 지금처럼 추운 상태에서는 말이다."

"자신 없어요, 아버지."

"나도 안다. 그래서 고민이 많이 됐다. 그런데 언제 다시 따뜻해질지 알 수 없어졌어. 앞으로는 정말 사는 것이 죽는 것만큼이나 고통스러운 일이 될 거다. 한양이 이 지경이니 다른 곳은 말할 것도 없을 테지. 어떻게든 따뜻한 곳을 찾아야만 살아남을 수 있어."

"추위가 계속된다는 말씀인가요?"

"내년 봄에 풀린다고 해도 반년은 버텨야 한다. 여기에 남은 식량으로는 보름이면 끝이야. 양화진에 가서 물고기를 잡는다고 해도 그 많은 입을 어떻게 먹여 살리겠어."

"갈 길이 너무 멀어요."

"희망이 있으면 길은 갈 수 있어. 하지만 그게 없다면 우린 이대로 굶어 죽거나 얼어 죽고 말 거다. 너한테 부탁하기 괴로운 일이지만 이해해 다오."

"백두산에 따뜻한 곳이 있을까요?"

아버지는 주변을 살피더니 화길이에게 말했다.

“별감으로 일할 때였어. 성창 대군을 모시고 명나라에 사절로 갔다가 돌아오는 길에 백두산에 들른 적이 있었다. 그때 사냥하러 가는 성창 대군을 따랐다가 눈사태를 피해서 깊숙한 곳으로 들어갔었지. 한겨울이었는데도 거기는 따뜻했다. 아마 지금도 따뜻할 거야.”

“거기가 어딘데요?”

화길이의 물음에 아버지는 다시 한번 주변을 살핀 뒤 귓속말을 했다. 그러고는 다시 화길이의 얼굴을 보면서 말했다.

“그 누구에게도 말하면 안 된다. 같이 가는 부광이한테도 말이다.”

“걔한테도요?”

“그래, 도착하기 전까지는 절대로 말하지 마라.”

“알겠어요.”

화길이의 대답을 들은 아버지는 괴로운 표정을 지었다.

“너한테 너무 큰 짐을 지우는 거 같구나. 정말 미안하다.”

화길이는 아버지가 이렇게까지 힘들어하는 걸 본 적이 없었다. 언제 추위가 끝날지도 모르니 따뜻하게 머물 곳을 찾아야 한다는 아버지의 말은 확실히 맞는 얘기였다. 그리고 그 일을 할 사람이 화길이밖에 없다는 것도 사실이었다. 복춘이 아저씨나 다른 멸화군에게 부탁했다면 버림받은 것이라고 오해할 게 뻔했기 때문이다. 아버지가 직접 간다고 한다면 다들 따라나설 게 분명했다. 거기다 아버지는 다리를 다친 상태라 멀리 걷는 것이 불가능했다. 잠시 고민하던 화길이가 고개를 끄덕거렸다.

"제가 가서 아버지가 얘기한 곳을 찾아볼게요."

화길이의 대답에 아버지는 눈물을 글썽거렸다.

"정말 고맙다. 고마워."

몇 번이고 같은 말을 한 아버지가 화길이를 와락 끌어안았다. 고마움의 표시이기도 했지만 아들을 사지로 보낸다는 것에 대한 미안함이 깃든 눈물을 감추기 위해서였다. 이를 짐작했는지 화길이는 잠자코 아버지의 품에 안겼다.

따뜻한 땅을 찾아서

다음 날, 화길이는 부광이와 함께 봇짐을 메고 집을 나섰다. 눈은 더 이상 내리지 않았지만 이미 정강이까지 쌓여 있는 상태였다. 두 사람에 이어 멸화군도 밖으로 나왔다. 곡식과 필요한 세간살이들을 넣은 보따리나 봇짐을 머리에 이거나 어깨에 메고서. 다리에 붕대를 두껍게 감은 아버지는 화길이에게 대나무로 된 죽장도를 건넸다.

"양화진에서 험하게 살 때 장만한 거다. 안 쓰는 게 가장 좋지만 필요하면 망설이지 마라."

죽장도를 건네받은 화길이는 머리에 쓴 남바위를 푹 눌러썼다. 화길이와 함께 떠나는 부광이 역시 털조끼에 솜바지

차림이었다. 화길이는 아버지에게 인사를 한 다음 죽장도를 지팡이처럼 짚었다. 그러곤 주먹밥이 든 보자기를 고쳐 메는데, 아버지가 말했다.

"의주대로로 가려면 원래 돈의문으로 나가야 하지만, 거기에는 지키고 있는 놈들이 있을 게다. 힘들더라도 경복궁 옆 자하문으로 넘어가는 게 좋을 거야."

"알았어요, 아버지."

아버지와 멸화군, 멸화군의 가족들은 양화진으로 가기 위해 숭례문 쪽으로 향했다. 흥인지문 쪽에서 묘화를 숭배하는 무리가 쳐다보고 있었지만 쉽사리 덤벼들지는 못했다. 그들을 노려보던 아버지가 고개를 돌려 멸화군 숙소를 바라봤다. 숙소가 활활 타고 있었다. 곧이어 담장 너머까지 불길이 치솟았다. 아버지의 눈빛이 서늘했다. 복춘이 아저씨는 나중에 돌아올지 모르니까 그냥 놔두자고 했지만, 화길이 아버지는 묘화 패거리가 차지할 게 뻔하다면서 불을 질렀다. 잿더미로 변하는 숙소를 우두커니 바라보던 아버지는 말없이 돌아서서 길을 떠났다.

화길이가 부광이를 바라보며 말했다.

"우리도 가자."

천으로 얼굴과 머리를 칭칭 감은 부광이가 고개를 크게 끄덕거렸다. 둘은 천천히 황토현 쪽으로 걸어갔다. 그러나 황토현을 넘지 않고 북쪽의 육조거리로 방향을 틀었다. 관청들이 줄줄이 모여 있는 육조거리는 엄청 넓었다. 평상시에는 궁궐에 입궐하는 관리들과 오가는 사람들로 북적거렸지만 지금은 아무것도 보이지 않았다. 얼어 죽은 사람과 동물 들만 보일 뿐이었다. 수레를 끌던 소는 그대로 주저앉은 형태로 뼈만 남아 있었고, 그 사체를 파먹으려고 내려앉은 새들도 그대로 얼어붙은 채 바닥에 늘어져 있었다. 관청 앞에 있는 배수로 구거에서 흐르던 물도 얼어붙은 상태였다. 구거 앞에는 끔찍하게도 몇 구의 시신이 옷이 벗겨진 채 널브러져 있었다. 그걸 본 화길이가 추위에 굳어버린 얼굴을 한껏 찌푸렸다.

"죽은 사람 옷까지 벗겨 갔네."

하지만 부광이의 생각은 달랐다.

"얼음처럼 굳은 시신에서는 옷을 제대로 벗기지 못해."

"그럼?"

화길이의 물음에 부광이가 얼굴에 감았던 천을 내리고 말했다.

"살아 있을 때 옷을 빼앗았을 거야, 아마."

화길이는 아무 대답도 하지 못하고 서둘러 그 자리를 벗어났다.

화길이와 부광이는 육조거리를 가로질러서 경복궁의 서십자각 쪽으로 향했다. 경복궁 근처에 있던 초가집들은 눈의 무게를 이기지 못해 주저앉아 있었고, 그나마 버티고 있던 기와집들도 위태로워 보이긴 마찬가지였다. 군데군데 무너진 담장들 사이에 쌓인 작은 눈 무더기에는 얼어붙은 개의 꼬리가 살짝 삐져나와 있었다.

"사람도 굶어 죽고 얼어 죽는 판국인데 개라고 무사할 리는 없지."

흐릿하게 중얼거린 화길이는 천천히 오르막길을 올라갔다. 담장을 따라 바람이 불면서 바닥에 쌓인 눈들이 안개처럼 피어올라 옷을 적셨다. 살갗이 바늘에 찔린 듯한 느낌이었다. 숨을 크게 쉬면 가슴속이 다 얼어붙을 것 같아서 입도 코도 천으로 가리고 조심스럽게 숨을 쉬어야만 했다. 길은 미끄럽기 그지없어서 조금만 방심하면 넘어지기 일쑤였다. 다행히 묘화를 숭배하는 패거리는 보이지 않았다.

"아버지 얘기대로 이쪽은 사람들이 별로 없네."

화길이의 얘기를 들은 부광이가 대답했다.

"원래 오가는 사람들이 적은 곳이잖아. 우리도 여기로 출동한 적이 별로 없었어."

둘은 얘기를 주고받으며 자하문으로 향했다. 창의문이라

고도 불리는 이곳은 문루도 없는 작은 곳이었다. 고갯길 꼭대기에 있는 이곳 역시 눈이 쌓여 있었다. 사람의 왕래가 적은 곳이라 눈을 제대로 치우지 않았는지 성벽은 온통 얼음으로 뒤덮여 있었다. 둘은 성벽이 무너진 쪽으로 조심스럽게 넘어갔다. 오르막도 힘들었지만 자하문 너머의 내리막도 힘들었다. 다행히 발목까지 오는 둥구니신을 신고 있어서 그나마 덜 미끄러웠다. 좌우에 있는 집들의 상당수는 다른 곳들처럼 무너졌거나 무너지기 일보 직전이었다.

내리막길이 끝나는 지점을 가로지르는 하천도 꽝꽝 얼어붙어 있었는데, 그 주변에는 얼음을 깨고 낚시하려던 흔적이 군데군데 남아 있었다. 화길이와 부광이는 그곳을 조심스럽게 건넌 뒤 다시 언덕을 올랐다. 텅 빈 초가집들 사이사이로 불 피운 흔적과 얼어 죽은 시신들이 보였다. 그리고 그것은 여기에 무슨 일이 벌어졌는지를 말해주고 있었다. 그걸 본 부광이가 중얼거렸다.

"한양 안이 지옥인 줄 알았는데 여기에 비하면 그나마 나은 거였네."

한여름에 갑작스럽게 찾아온 추위가 만들어낸 비극을 뒤로한 채 그렇게 둘은 산을 올랐다. 의주대로를 갈 때는 너무 미끄럽고 추워서 제대로 움직이기 어려웠다. 특히 바람이 불면 서 있는 것조차 힘들 정도였다. 그래서 둘은 기운을 내려고 끊임없이 얘기를 주고받았다. 부광이가 숨을 쉬느라 천을 잠시 내리고 물었다.

"그런데 백두산에 따뜻한 곳이 있는 게 맞아?"

순간 대답하려던 화길이는 아버지가 한 얘기를 떠올렸다.

"아버지가 잘 찾아보라고 하셨어."

"대장님답지 않네. 확실하지 않으면 결정하지 않는 분인데 말이야."

부광이는 마치 뭔가를 알고 있는 것 같은 눈치였다. 하지만 화길이는 거짓말을 했다.

"어쩔 수 없는 상황이잖아."

잠시 어색한 침묵이 이어졌으나 부광이가 화제를 돌렸다.

"대체 왜 한여름에 눈이 내리고 추위가 찾아온 걸까?"

"잘 모르겠어. 그래서 눈이 내렸을 때 꿈을 꾸고 있는 줄 알았다니까."

화길이는 대답하고 다시 하늘을 올려다봤다. 두꺼운 회색 구름이 하늘을 뒤덮여 한 점의 온기조차 느껴지지 않았다. 부광이가 다시 물었다.

"한양도 저런 식으로 결단 났는데 다른 곳도 비슷하겠지?"

"더하면 더했지 덜하지는 않겠지. 그나마 한양은 도성이라 지키는 군사들도 많았는데 지금은 다 종적을 감췄잖아."

둘은 얘기를 주고받으며 계속 북쪽으로 올라갔다. 길가에는 얼어 죽은 사람과 동물 들로 작은 언덕들이 만들어져 있었다. 해 질 무렵이 되자 화길이가 주변을 돌아보며 말했다.

"어디 잠을 잘 만한 곳을 찾아봐야겠어."

"불을 피웠으면 좋겠는데 말이야."

"풀이랑 나무가 전부 눈에 젖어서 어려울 거 같아."

길가 주변을 살피던 둘은 다 쓰러져 가는 초가집을 하나 발견했다. 안방 쪽은 무너졌지만 부엌 쪽은 그나마 지붕이 남아 있었고, 이곳에 머물던 가족들은 어디론가 떠났는지 텅 비어 있어서 잠시 머물기에는 나쁘지 않아 보였다. 화길이가 이리저리 살펴보며 말했다.

"그래도 부엌 쪽 지붕은 무너지지 않아서 바람은 피할 수 있을 것 같아."

"난 장작으로 쓸 만한 게 있는지 찾아볼게."

그러더니 부광이가 뒷마당으로 나갔다. 그사이 화길이는 사라져 버린 문짝을 대신해 바람을 막을 만한 것을 찾고는 부광이를 불렀다.

"부광아! 뭐 해?"

그러나 아무리 불러도 뒷마당으로 나간 부광이는 대답하

지 않았다. 불길한 예감이 들었다.

"무슨 일이지?"

화길이는 아버지가 준 죽장도를 뽑아 들고 뒷문으로 나갔다. 눈이 소복이 쌓인 뒷마당에 부광이의 뒷모습이 보였다.

"뭐 해!"

화길이의 외침에 부광이가 퍼뜩 정신을 차렸는지 뒤를 돌아봤다. 그러자 부광이 옆으로 가려져 있던 뭔가가 보였다. 화길이가 멍하게 서 있는 부광이에게 물었다.

"앞에 그건 뭐야?"

부광이가 처연한 표정으로 말했다.

"직접 와서 봐봐."

화길이는 부광이에게 다가갔다. 부광이 앞에 얼음으로 된 야트막한 기둥 같은 게 있었다. 좀 더 가까이 다가가자 얼음 아래 머리카락이 보였다.

"맙소사."

자세히 살펴보니 무릎을 꿇고 있는 백발의 할머니였다. 바깥쪽을 향해 무릎을 꿇고 두 손을 모은 자세로 있다가 그대로 얼어버린 모양이었다. 할머니의 시신 앞에는 얼음이 가득한 사발 하나가 놓여 있었다. 아무 말 없이 서 있는 화길이에게 부광이가 말했다.

"정화수를 놓고 빌고 있었던 거 같아."

"뭘 기원했을까?"

화길이의 물음에 부광이가 무너진 초가집을 돌아보며 대답했다.

"다른 가족들은 안 보여."

"그럼?"

"아마 떠났겠지. 할머니는 가족들에게 짐이 될 거라고 생각해서 남았던 거고. 가족들이 무사하길 기원한 거 같아. 정화수를 떠놓고."

부광이의 얘기를 들은 화길이는 아무 말도 할 수가 없었다. 가족들을 떠나보내고 혼자 남은 할머니의 마음이 충분히 이해됐기 때문이다. 애써 눈물을 참고 있던 화길이가 말했다.

"갑작스럽게 찾아온 이 추위가 사람들의 마음속에 짐승이 있는지 인간이 있는지를 구분하게 만들어 주네."

"그러게."

깊게 한숨을 쉰 부광이는 하늘을 올려다봤다.

"어두워지고 있어. 얼른 들어가자."

부엌으로 들어간 둘은 남은 가구와 문짝의 잔해를 이용해서 바람이 들어올 만한 곳을 틀어막았다. 그러곤 부뚜막에 앉아 가져온 주먹밥을 하나씩 나누었다. 화길이와 부광이는 얼음처럼 차갑고 딱딱해진 주먹밥을 조심스럽게 꼭꼭 씹어 삼켰다.

배를 채운 둘은 부뚜막에 누워서 잠을 청했다. 화길이는 늘 함께하던 아버지, 멸화군 아저씨들과 따로 떨어져 있다는 게 실감이 나서 몹시 두려웠다. 하지만 꾹 참고 다리 다친 아버지를 대신해 반드시 백두산에서 사람들이 지낼 만한 곳을 찾기로 굳게 결심했다. 밤이 깊어지자 바람이 심하게 불었다. 무너진 초가집이 들썩거렸지만 다행히 눈과 얼음이 쌓인 덕분에 지붕이 날아가지는 않았다.

다음 날 아침, 힘겹게 눈을 뜬 화길이는 어제 막아놓은 것들을 무너뜨리고 밖으로 나갔다. 정화수 앞에 얼어 있던 할머니는 어젯밤 모습 그대로였다. 화길이는 할머니에게 다가가 얼굴에 묻은 눈을 소매로 닦아주고는 잠깐 할머니의 명복을 빌었다.

화길이와 부광이는 의주대로를 따라 북쪽으로 향했다. 눈에 보이는 모든 곳에 눈이 쌓여 있었다. 예전에 집이었던 곳은 야트막한 동산이 되어버렸다. 북쪽으로 올라갈수록 살아 있는 것들은 보이지 않았다. 가지고 온 주먹밥은 사흘 만에 다 떨어졌지만, 다행스럽게도 얼어 죽은 새와 동물 들을 발견해서 그걸로 배를 채웠다. 무너진 집을 찾아서 잠을 청하고 눈을 녹여서 목을 축였다. 그렇게 개성까지 왔다.

개성에는 몇몇의 사람들이 보였다. 처음엔 도움을 받을 수 있을지도 모른다는 희망을 품기도 했지만, 겨우 목숨만 연명하고 있는 그들의 모습을 보고 말없이 북쪽으로 발걸음을 옮겼다. 그러나 북쪽으로 가면 갈수록 더 끔찍하고 잔혹한 현실과 마주쳐야만 했다.

황주를 지날 즈음이었다. 길을 걷다 우연히 발견한 동굴에서 오랜만에 불을 피울 생각에 화길이와 부광이는 신이 나서 웃고 떠들었다. 누군가 가져다 놓은 듯한 나무에다가 부싯돌로 잎사귀를 태워 넣자 모닥불이 활활 타올랐다. 둘은 봇짐에 넣어둔 얼어 있는 고기들을 나뭇가지에 꿰어서 모닥불 위에 올렸다. 그리고 둘은 군침을 삼키며 고기가 익기를 기다렸다.

타닥타닥 나무가 타면서 사방으로 튀는 불똥을 피해 부광이가 고개를 돌렸을 때였다. 모르는 남자와 눈이 마주쳤다. 눈만 빼고 온몸을 천과 털가죽으로 칭칭 감고 있던 그 남자의 손에는 낫이 들려 있었다. 그가 안으로 기어들어 오려고 했다.

"누, 누구야!"

놀란 화길이가 옆에 있던 죽장도를 뽑아 들었다. 부광이 역시 돌을 집었다. 그러자 상대방도 낫을 바짝 움켜쥐었다. 낫을 든 손은 동상에 걸렸는지 시커멓게 썩어 들어가고 있었다. 상대방은 낮은 목소리로 계속 중얼거리면서 조금씩 다가왔다. 이에 맞서기 위해 화길이가 죽장도를 단단히 움켜쥐었다. 낫을 든 남자가 숨을 헐떡거리며 말했다.

"배고파! 고기 좀 나눠줘!"

화길이가 아무 말도 못 하자 부광이가 짜증을 내며 말했다.

"우리 먹을 것도 없어! 꺼져!"

"많이 있잖아. 가족들이 있다고, 가족들이."

낫을 휘두르며 위협하는 남자에게 부광이는 틈을 봐서 돌을 던졌다.

"으윽!"

어깨에 돌을 맞은 남자가 비명을 지르더니 낫을 떨어뜨렸다. 화길이가 재빨리 다가가서 목에 죽장도를 들이밀었다. 남자는 부들부들 떨면서 애원했다.

"굶어서 다 죽어가는 아이들이 있어요. 제발 고기 한 덩어리만 주세요."

부광이는 얼른 쫓아내라고 했다. 그러나 화길이는 마음이 약해져서 고기 한 덩이를 건넸다. 남자는 연신 고개를 숙이며 고맙다는 말을 남기고는 동굴 밖으로 사라졌다. 부광이가 투덜거렸다.

"저 정도로 만족할 거 같아?"

"그래도 믿어보자."

둘은 잘 익은 고기로 끼니를 해결하고 눈 녹인 물을 마시고는 잠을 청했다. 혹시나 하는 마음에 입구를 나무와 돌로 막아놓고 돌아가면서 불침번까지 섰다. 다행히 다음 날 아침 해가 밝을 때까지 아무 일도 일어나지 않았다. 둘은 입구에 쌓아놓았던 나무와 돌을 치운 다음 다시 북쪽으로 향했다. 그러나 얼마 못 가 발걸음을 멈춰야만 했다. 부광이가 떨리는 목소리로 말했다.

"어젯밤에 본 그 사람 아니야?"

상투가 풀어헤쳐진 채 한 남자가 눈 쌓인 바닥에 엎어져 있었다. 부광이의 말대로 어제 낫을 들고 동굴로 들어오려던 그 사람이었다. 옆에는 어린 딸이 몸을 잔뜩 웅크린 채 얼어 죽어 있었다. 남자의 가슴은 나무로 만든 말뚝 같은 것에 꿰뚫려 있고, 손은 뭔가를 움켜쥐고 있던 모양으로 얼어 있었다. 그걸 본 화길이가 중얼거렸다.

"누가 고기를 빼앗으려고 죽인 모양이네."

둘은 말없이 다시 길을 떠났다. 부광이가 넋이 나간 표정으로 말했다.

"앞으로 이런 광경을 엄청나게 많이 보겠지?"

화길이는 차마 그럴 것 같다고 대답하지는 못하고 그저 고개만 끄덕거렸다.

개성을 지나 열흘쯤 걷자 화길이와 부광이는 평양 근처에 도달했다. 야트막한 고갯길을 넘던 둘은 약속이나 한 듯 발걸음을 멈췄다. 길가에 얼어붙은 시신들이 있었기 때문이다. 무엇보다 이번 시신들은 죽은 모습이 좀 달랐다.

"설마……."

화길이가 조심스럽게 부광이를 쳐다봤다. 그러자 부광이가 시신을 향해 걸어가더니 허리를 굽히고 살폈다.

"뭔가에 베인 것처럼 날카롭게 잘려 있어."

"맹수에게 공격받은 걸까?"

화길이의 물음에 부광이가 대번에 고개를 저었다.

"이빨이 아니라 칼이야."

그게 무엇을 뜻하는지 말하지 않아도 알 수 있었다. 둘은 동시에 마른침을 삼켰다. 송악산을 휘감은 차가운 바람이 스쳐갔으나 이 순간만큼은 추위를 느끼지 못했다. 가까스로 정신을 차린 화길이가 말했다.

"어서 가자. 그놈들이 이 근처에 있을지도 몰라."

"그러자."

둘은 빠르게 그곳을 벗어났다. 산 중턱을 가로지르는 길을 정신없이 걸어가는 두 사람의 입에서 허연 입김이 흘러나왔다. 화길이는 멀어져 가는 산을 힐끔 바라보면서 무릎을 꿇은 채 얼어 죽은 할머니를 떠올렸다.

"짐이 되기 싫어서 혼자 남은 할머니는 자신의 마지막 시간을 가족들이 무사하기를 기도하는 데 바쳤어. 그런데 어떤 사람은 사람이기를 포기하는구나."

절규하는 듯한 화길이의 말에 부광이가 고개를 절레절레 저었다.

"먹을 게 떨어질 시기잖아. 눈이 내린 지 이제 두 달쯤 지났나?"

"거의."

"올해 농사는 망쳤으니 작년에 수확한 곡식으로 버텨야 했겠지. 근데 그게 얼마나 남았겠어."

"그렇긴 하지."

"앞으로 웬만해서는 사람들을 마주치지 않는 게 좋겠다."

"그러자."

대화가 끝나기 무섭게 화길이는 앞쪽에서 들려오는 인기척에 그대로 발걸음을 멈췄다. 그리고 약속이나 한 듯 둘은 길가의 바위 뒤로 몸을 숨겼다. 바위 뒤에 몸을 감추고 나서야 눈길 위에 남은 발자국이 화길이의 눈에 들어왔다. 하지만 인기척의 주인공들은 코앞까지 다가온 상태였다. 옆에 있던 부광이가 속삭였다.

"산적들인가?"

그들은 두꺼운 털가죽 옷에 두 사람처럼 둥구니신을 신고 손에는 창과 칼, 도끼 같은 것을 가지고 있었다. 추위에 시달린 탓인지 다들 몸은 비쩍 마르고 눈빛은 차갑기 그지없었다. 무엇보다 온기가 전혀 느껴지지 않아서 화길이와 부광이는 바위에 바짝 붙어서 숨을 죽였다. 지켜보던 화길이가 부광이에게 말했다.

"일단 여기에 숨어 있다가 떠나자."

부광이는 알겠다는 듯 고개를 천천히 끄덕거렸다. 산적 행렬은 생각보다 길었다. 무기를 든 산적들 뒤로 새끼줄에 굴비처럼 엮인 사람들이 끌려왔다. 그걸 본 화길이가 한숨을 쉬었다.

"힘없는 사람들을 붙잡아서 노비로 쓰나 봐."

하지만 부광이의 생각은 달랐다.

"요즘 같은 때 노비를 데리고 있어서 뭐 하게? 거기다 끌려온 사람들 좀 봐. 건장한 남자는 없고 어린아이나 여자들

뿐이잖아."

부광이의 말대로 끌려가는 사람들은 모두 어린아이나 여자들이었다. 아까 봤던 시신의 흔적을 떠올린 화길이는 말을 잇지 못했다.

"설마!"

부광이는 화길이에게 조용히 하라고 손짓했다. 이번에는 화길이가 고개를 끄덕거렸다. 그사이 산적 무리의 행렬이 부광이와 화길이가 숨어 있는 길 가까이에 멈춰 섰다. 선두에서 있던 산적이 발걸음을 멈추고 돌아섰다. 그러자 부하로 보이는 자들이 일사불란하게 움직이더니 새끼줄에 묶여 있는 어린아이와 여자 들을 한군데로 몰아놓았다. 싸늘한 바람이 불어오고 산적들과 끌려가는 사람들의 입에서 연기 같은 허연 입김이 쏟아져 나왔다. 조용했던 산길은 삽시간에 엄마 아빠를 찾는 아이들의 울부짖음과 살려달라는 여성들의 외침으로 소란했다. 강추위에 살아남은 새 떼가 주변을 날아다니는 게 분위기가 심상치 않자 산적 두목이 외쳤다.

"빨리빨리 움직여! 이러다 날 새겠다."

부하들보다 머리통 하나가 더 커 보이는 산적 두목은 덥수룩한 수염에 청룡도와 비슷한 무기를 들고 있었다. 그걸 본 부광이가 중얼거렸다.

"저 산적 두목 말이야, 원래 망나니였나 봐."

"망나니면 죄수들의 목을 치는 사람 아니야?"

"맞아. 군기시 앞에서 죄수들 목을 칠 때 저런 걸 쓰던데. 보통은 죄인이나 백정 들이 하거든? 근데 웃기네."

"뭐가?"

"저기 끝에서 설치는 부하 보이지? 나이가 좀 들어 보이는 놈 말이야."

"어."

"망건에 도포 차림이잖아. 글줄깨나 읽은 양반이라는 뜻이지. 귀걸이도 꽤 비싸 보이고 말이야."

"그럼 망나니가 두목이고 양반이 부하란 말이네?"

화길이의 물음에 부광이가 쓴웃음을 지었다.

"눈이 내리기 전에는 상상도 못 할 일이었는데 말이야. 진짜 신발을 머리에 쓰고 모자를 발에 낀 꼴이네. 하긴, 추위와 배고픔 앞에서 신분이 무슨 소용이겠어."

냉담한 부광이의 얘기를 들으며 화길이는 안타까움을 느꼈다. 몇 달 전까지만 해도 각자의 삶을 누리던 이들이 갑작스럽게 찾아온 추위에 모든 걸 잃어버린 것이다. 두 사람이 안타까운 눈으로 지켜보는 가운데 살육이 시작되었다. 산적들이 한군데로 몰아놓은 희생자들을 칼과 창으로 찔러서 쓰러뜨렸다. 방금 전까지 살아 있던 사람들이 피를 토하며 눈 위에 엎어지고 쓰러졌다. 화길이는 어린아이가 죽는 것을 차마 바라보지 못하고 고개를 돌렸다. 반면 산적 두목은 그런 살육이 즐거운지 큰 소리로 웃었다.

"시체가 얼기 전에 어서어서 살을 발라. 지난번처럼 얼어서 못쓰게 만드는 놈은 똑같이 만들어주마."

무시무시한 산적 두목의 호통에 부하들은 서둘러 칼을 들고 죽은 자들의 옷을 찢었다. 그 모습을 보며 부광이가 말했다.

"아까 봤던 시신들도 저놈들이 죽였나 봐."

"아무리 세상이 엉망이 되었다고 해도 사람을 죽여서 배를 채우려고 하다니."

주먹을 쥐고 분개하던 화길이의 눈에 아직 죽지 않은 사람들이 보였다. 그들은 방금 전 죽은 사람들 중에 가족이 있었는지 누군가의 이름을 부르면서 흐느껴 울고 있었다. 그런데 시신의 옷을 찢던 산적 하나가 화길이와 부광이가 있는 쪽으로 시선을 돌렸다. 그 모습을 본 산적 두목이 언짢은 듯 언성을 높였다.

"빨리빨리 움직이지 않고 뭐 하는 거야?"

"두목! 어제는 없었던 발자국이 저기로 이어져 있습니다."

화길이와 부광이는 놀란 나머지 얼른 고개를 숙였다. 산적 두목의 굵은 목소리가 들렸다.

"발자국?"

"예, 뭉개지지 않은 걸 보면 여길 지나간 지 그리 오래되지는 않은 거 같습니다."

"아직도 밖을 돌아다니는 놈이 있다고?"

"그럴 수도 있지 않겠습니까? 아마 산으로 들어간 거 같은데, 쫓아가 볼까요?"

화길이는 큰일 났다 싶어서 부광이를 바라봤다.

"어떡하지?"

"여차하면 산으로 뛰자."

둘이 얘기를 주고받는데, 산적 두목이 짜증을 냈다.

"얼마나 갔는지 알고, 쓸데없는 짓 그만하고 일이나 해."

"알겠습니다, 두목."

부하는 아쉬워하면서도 마지못해 대답하고 돌아섰다. 위기를 넘긴 화길이와 부광이는 서로의 얼굴을 보면서 안도의 한숨을 쉬었다. 그때 허공을 배회하던 까마귀 한 마리가 둘이 숨어 있는 바위 위에 갑자기 내려앉았다. 둘은 놀라서 짧게 비명을 지르고는 서둘러 입을 틀어막았다. 산적 두목이 말했다.

"저기, 바위 뒤에 누가 숨어 있다."

부하들이 두 사람을 향해 다가왔다.

"젠장!"

화가 난 화길이는 죽장도를 뽑아 들고 바위 옆으로 나왔다. 그리고 부광이에게 소리쳤다.

"내가 막을 테니까 도망쳐!"

"너나 도망쳐!"

부광이는 도망가지 않았다. 그걸 본 산적 두목이 코웃음을 쳤다.

"팔팔한 놈들이구나. 내 부하가 된다고 하면 목숨만은 살려주마."

화길이가 바로 대꾸했다.

"사람 고기를 먹는 미친놈의 부하가 될 생각은 없다!"

부광이가 화길이의 옆구리를 찌르며 말했다.

"야! 그렇게 얘기하면 어떡해?"

"그럼? 부하가 된다고 할까?"

"일단 살아야 할 거 아니야!"

둘이 옥신각신하는 걸 보던 산적 두목이 부하들에게 지시를 내렸다.

"둘 다 죽여!"

무기를 든 부하들이 포위망을 점점 좁혀왔다. 화길이가 뒤쪽에 있는 산자락을 바라봤다. 도망쳐야만 했지만 도망가도 얼마나 갈 수 있을지는 알 수 없었다. 위기에 맞닥뜨린 바로 그 순간 하늘에서 이상한 소리가 들렸다. 고개를 든 부광이의 시선이 점점 아래로 내려왔다. 검은색 깃이 달린 화살이 하늘을 뚫고 눈 위에 박혀 부르르 떨었다. 다들 어리둥절해하는 가운데 부광이가 소리쳤다.

"저기!"

부광이가 가리킨 곳은 산자락에 휘감겨 있는 길이었다. 그곳에 털가죽 옷과 모자를 쓴, 말을 탄 한 무리의 무사들이 있었다. 얼어붙은 산길을 삽시간에 돌파한 그들은 괴성과 함께 의미를 알 수 없는 소리를 질렀다. 그 모습을 보고 부광이가 중얼거렸다.

"관군인가?"

화길이는 고개를 저었다.

"야인 같아. 여진족."

"야인들이라고?"

"어, 몇 년 전에 한양에 온 야인들을 본 적이 있는데 저런 옷을 입고 저렇게 말을 했었어."

"야인들이 왜 여기까지 내려온 거지?"

"그러게."

둘이 얘기를 주고받는 사이, 여진족이 말 머리를 나란히 하고 산적 무리를 덮쳤다. 크게 휜 칼과 짧은 창을 든 여진족은 우물쭈물하는 산적들을 공격했다. 방금 전 희생자들처럼 산적들이 피를 뿌리며 눈 위에 널브러졌다. 정신을 차린 산적 몇 명이 저항을 했지만 소용없었다. 말을 탄 여진족이 바람처럼 움직이면서 빈틈을 노렸기 때문이다. 산적들은 비명을 지르거나 무기를 버리고 애원했다.

"으윽!"

"살려줘!"

하지만 여진족은 살벌하게 산적들을 없애나갔다. 방금 전까지 기세를 올리던 산적들은 무참하게 쓰러졌다. 도끼를 휘두르며 저항하던 한 산적 뒤로 조용히 다가가던 여진족이 칼을 내리쳤다. 산적의 한쪽 팔이 땅바닥에 내동댕이쳐졌다. 피가 철철 나는 자기 팔을 내려다보던 산적이 비명을 질렀다. 하지만 비명이 채 끝나기도 전에 다른 여진족이 던진 올가미에 목이 감겨버리고 말았다. 피를 뿌리며 버둥거리던 산적은 눈 위에 핏자국을 남긴 채 질질 끌려갔다. 갑작스럽게 나타난 여진족에게 부하들이 정신없이 난도질당하고 쓸려나가자 산적 두목이 화를 냈다.

"감히, 내 부하들을 공격해!"

산적 두목은 자신에게 다가온 여진족을 쏘아봤다. 그러곤 청룡도 같이 생긴 창으로 단숨에 말의 목을 베어버렸다. 목이 절반쯤 잘린 말이 피를 뿌리며 주저앉자 그 말을 타고 있던 여진족이 앞으로 튕겨나가며 굴러떨어졌다. 산적 두목이 바닥에 쓰러져 있는 여진족에게 다가가 창을 휘둘러 몸통을 두 동강 내버렸다. 기세를 올린 산적 두목이 소리쳤다.

"다 덤벼! 모가지를 다 잘라주마."

그러자 검은색 털모자를 쓴 여진족 하나가 말 머리를 돌렸다. 산적 두목의 도발에 검은색 털모자를 쓴 여진족이 말에 박차를 가했다. 허연 콧김을 내뱉은 말이 산적 두목을 향해 달렸다. 산적 두목 역시 두 손으로 무기를 쥔 채 달렸다. 양쪽의 그림자가 겹치는 순간, 산적 두목의 머리가 허공으로 치솟았다. 피를 뿌리며 떨어져 나간 머리는 눈으로 덮인 길 위에 떨어져서 데굴데굴 굴러갔다. 검은색 털모자를 쓴 여진족이 승리했다는 듯 피가 잔뜩 묻은 칼을 높이 치켜들었다. 그 모습을 넋 놓고 보고 있던 부광이에게 화길이가 소리쳤다.

"뭐 해! 어서 도망치자."

"아, 알았어."

둘은 살육의 현장을 뒤로한 채 산으로 도망쳤다. 경사가 너무 심해서 두 손을 써서 엉금엉금 기어올랐다. 정신없이 기어오르던 화길이와 부광이 사이에 검은 깃이 달린 화살이 날아와 박혔다.

"헉!"

놀란 화길이에게 부광이가 말했다.

"정신 차리고 얼른 올라가!"

대답할 틈도 없이 올라간 화길이는 간신히 몸을 숨길 만한 바위 뒤로 기어갔다. 뒤따라온 부광이가 화길이 옆으로 기어 가서는 숨을 몰아쉬었다. 그러고는 아래쪽을 보면서 말했다.

"산적 두목을 죽인 놈이 쏜 거 같아."

검은색 털모자를 쓴 여진족이 두 사람을 향해 활을 겨누고 있었다. 그러다 두 사람이 시야에서 사라지자 곧 활을 내려놨다. 그 시각, 마지막 남은 산적이 무기를 버리고 도망쳤다가 여진족이 던진 창에 가슴이 꿰뚫린 채 눈 위에 쓰러졌다. 그렇게 살육은 막을 내렸다. 세상은 다시 고요해졌다.

말에서 내린 여진족은 쓰러진 산적들이 죽었는지 일일이 확인했다. 그사이 살아남아 있는 사람들은 구석에 모여서 벌벌 떨고 있었다. 검은색 털모자를 쓴 여진족이 그들 앞으로 말을 몰고 가자, 사람들은 서로 끌어안은 채 흐느껴 울었다. 여진족은 말에서 내리더니 허리에 찬 단검을 뽑았다. 그리고 그들에게 다가가 묶여 있는 새끼줄을 잘라주고는 어서 가라는 듯 손짓했다. 죽음의 위기에서 벗어난 희생자들은 연신 고맙다는 말을 남기고는 산 아래로 내려갔다. 그걸 본 부광이가 중얼거렸다.

"조선 사람들은 같은 조선 사람들을 죽이고 잡아먹는데 오히려 여진족이 살려주네."

"그래봤자 흉악한 여진족일 뿐이야."

화길이가 딱 잘라 말하고는 여진족을 살폈다. 죽은 산적들의 무기를 챙긴 여진족이 말에 올랐다. 그중 하나가 검은색 털모자를 쓴 여진족에게 산적 두목이 쓰던 무기를 넘겨줬다. 부광이가 다시 입을 열었다.

"재가 우두머리인 거 같아."

"그러네. 다들 말에서 내렸는데 혼자만 안 내렸잖아."

우두머리는 한쪽 손에 넘겨받은 무기를 들고 천천히 말 머리를 돌렸다. 다른 여진족도 서둘러 말에 올라 뒤를 따랐다. 그 광경을 지켜보던 화길이가 하늘을 올려다봤다. 구름 사이로 해가 저물어가고 있었다.

"어서 쉴 만한 곳을 찾아보자. 해가 떨어질 것 같아."

화길이의 말에 부광이가 대답했다.

"큰길 말고 산으로 가자. 미친놈들이 또 있을지 몰라."

"그래."

부광이가 앞장서서 걸어갔다. 화길이는 잠시 살육의 현장을 내려다봤다. 하늘을 돌며 살육이 끝나기만을 기다리던 까마귀 떼가 하나둘씩 지상으로 내려오고 있었다. 그리고 지상에 흩어진 시신들에 둘러앉아 만찬을 즐기기 시작했다.

화길이와 부광이는 산을 오르다 얼어붙은 폭포에 도달했다. 다행히 폭포 안쪽에 작은 공간이 있어서 하룻밤 머물기로 했다. 그곳은 차갑기 그지없으나 밖에서는 보이지 않는 곳이라서 몸을 쉬기에는 적당했다. 둘은 가지고 온 털가죽을 바닥에 깔고 누일 자리를 마련했다. 그러고는 안쪽에 얼지 않은 물로 목을 축이고, 전날 동굴에서 구워놓았던 고기를 꺼내어 허기를 채웠다. 차갑기는 해도 꽝꽝 얼었을 때보다는 먹기 수월했다. 어느 정도 배를 채운 둘은 머리를 나란히 하고 누웠다. 하루 종일 걷고 죽을 고비를 넘겨서 그런지 긴장이 풀리자 금방 피곤함이 몰려왔지만, 둘은 좀처럼 잠을 자지 못했다. 봇짐을 베개 삼아 베고 있던 화길이가 부스럭거리자 부광이가 물었다.

"왜?"

"여진족이 평양까지 내려왔잖아. 백두산도 이미 여진족

천지가 된 거 아닐까?"

"그럴지도 모르지."

"거기다 북쪽으로 올라오니까 사람들이 더 미쳐버린 거 같아. 사람을 죽이고 그 고기를 먹다니."

"원래 추운 곳이라 먹을 게 더 없어서 그런 것일 수도 있어. 지금쯤 한양에도 식인이 있지 말라는 법은 없잖아."

"하긴."

생각할수록 어렵고 복잡한 문제였다. 화길이가 한숨을 쉬며 덧붙여 말했다.

"북쪽으로 올라갈수록 무엇을 보게 될지 걱정돼."

"마음 단단히 먹는 게 좋겠지. 아까 같은 광경을 더 자주, 그리고 흔하게 볼 수 있을 테니까."

부광이의 대답을 들은 화길이는 옆으로 돌아누우며 중얼거렸다.

"힘이 강하고 잔인해야지만 살아남을 수 있는 세상이 되었네. 이런 세상에서 누가 살아남을 수 있을까?"

"착하면 살아남기 어려운 건 확실해."

화길이가 중얼거렸다.

"그렇다고 악하게 살아남고 싶지는 않아."

"살아남는 게 최선이고 좋은 일이면 방법은 중요하지 않겠지."

"그렇게 살아남는 게 무슨 의미겠어."

화길이의 말에 부광이가 확신에 찬 목소리로 얘기했다.

"살아남는 게 옳은 일이라면 그게 바로 의미가 되겠지."

그 말에 반박하려던 화길이가 입을 다물었다. 확실히 낮에 일어난 일 이후에 부광이의 생각이 달라진 것 같았다. 하지만 지금은 그걸 따질 상황이 아니었다. 잠시 후 부광이가 입을 열었다.

"북쪽으로 갈수록, 시간이 지날수록 이런 일들을 더 많이 겪게 될 거야."

"그렇겠지."

"언제 눈이 그칠까."

6월에 첫눈을 본 이후 가장 궁금했지만 의미 없는 질문이었다. 화길이가 아무 말도 하지 못하자 부광이가 입을 열었다.

"여름에 눈이 내리고 추워진 이유 말이야. 혹시 심판하기 위해서가 아닐까?"

"누굴?"

"조선이라는 나라를 말이야."

"그럴 거면 나라님을 처단해야지 왜 애꿎은 백성들을 괴롭혀?"

화길이가 버럭 목소리를 높이자 부광이가 고개를 돌렸다.

"나라를 이상하게 만든 게 바로 사람들이니까."

"누구?"

"차별하고 탄압한 사람들 말이야. 그러니까 망나니가 산적 두목이 되고, 양반이 그 부하가 된 거 아니겠어? 또 우리가 짐승 취급하는 야인들이 산적들을 토벌하고 조선인을 구한 것도 그렇고 말이야. 우리가 잘못 살았기 때문에 천벌받은 걸지도 몰라."

"그래서 억울한 사람들이 죽는 게 당연하다는 거야?"

"안타깝긴 하지만 세상이 바뀌려면 어쩔 수 없는 일인지도 몰라."

화길이는 점점 이상한 소리를 하는 부광이에게 화가 났다.

"아까 그 광경을 보고도 그런 소리가 나와?"

"넌 잘 몰라."

"알 만큼은 알아. 그러니까 헛소리 그만하고 잠이나 자."

부광이에게 쏘아붙인 화길이가 돌아누워 잠을 청했다. 아까 낮에 봤던 광경만으로 분통이 터질 지경인데 부광이가 엉뚱한 얘기까지 하니까 화가 났다. 화길이는 애써 화를 억누르며 잠이 들었다.

물소리에 잠이 깬 화길이가 조심스럽게 주변을 살폈다. 옆에서 자던 부광이의 모습이 보이지 않는 것이다. 화길이는 낮은 목소리로 속삭였다.

"부광아!"

하지만 어디에도 부광이의 모습은 보이지 않았다. 혹시나 했는데 아버지께 받은 죽장도와 고기, 옷가지가 든 봇짐도 없어진 상태였다. 그때서야 화길이는 부광이가 밤중에 자기를 버리고 떠났다는 것을 알게 되었다.

"어떻게 이런 일이."

자기 전에 말다툼을 하긴 했지만 이런 일이 벌어질 것이라곤 예측하지 못했다. 화길이는 낙담하다가 뒤늦게 분노가 치솟았다. 생각해 보니 이곳에 온 직후부터 부광이가 백두산 어디로 가는지 물어봤는데, 화길이가 둘러대자 그걸 계속 기억하고 있었던 것 같다. 화길이는 폭포 밖으로 기어 나와 꽝꽝 언 호수를 건너갔다. 그리고 눈 위에 찍힌 발자국을 발견했다.

"부광이가 신은 둥구니신 발자국이네."

화가 머리끝까지 차오른 화길이는 눈에 찍힌 발자국을 따라 걸었다. 땅만 보고 걷느라 하늘을 미처 살피지 못한 화길이는 얼마 지나지 않아서 눈 내리는 걸 깨닫고는 하늘을 올려다봤다.

"젠장, 엎친 데 덮친 격이네."

눈이 많이 내릴 때는 일단 피하는 게 최선이다. 하지만 믿었던 부광이가 죽장도까지 챙겨서 도망쳤다는 사실에 화가 머리끝까지 치밀어 올라 계속 걷기만 했다. 부광이의 발자국은 산 아래, 왔던 길로 이어졌다. 중간중간 발자국이 없어지기도 했지만 길을 따라 걸어갔는지 금방 발자국을 찾을 수 있었다.

"한양으로 돌아갈 생각인가?"

이런저런 생각을 하면서 걷던 화길이는 눈이 계속 내리자 마음이 다급해졌다. 부광이의 발자국이 눈으로 덮여버릴 수 있기 때문이다. 화길이는 서둘러 발걸음을 옮겼다. 그러나 계속 내리는 눈에 부광이의 발자국은 점점 사라졌다. 결국 발자국이 모두 눈에 덮여 보이지 않았다.

"젠장!"

화가 난 화길이가 발을 동동 구르면서 어쩔 줄 몰라 했다. 잠시 서서 이제 어찌해야 할지 고민하는데 늑대 울음 소리가 들렸다. 화길이는 너무 놀라 주변을 돌아봤지만 아무것도 보이지 않았다.

"잘못 들었나?"

안도의 한숨을 쉬는데, 기대감을 무너뜨리는 늑대 울음소리가 한 번 더 들렸다. 눈이 내리고 사람들이 죽어가면서 맹수들도 죽었다. 사냥 거리가 없어졌기 때문이다. 하지만 호랑이와 늑대 같은 맹수들 중 일부는 살아남았다. 그리고 무리를 지어 다니며 살아남은 인간들을 공격해서 잡아먹었다. 이제 화길이가 그 목표가 된 것이다. 눈의 장막에 가려진 주변을 돌아보던 화길이는 왔던 곳으로 달리기 시작했다. 겁에 질려 있던 화길이의 눈에 회색 늑대의 몸통이 어렴풋하게 보였다. 정신없이 도망치던 화길이는 우뚝 솟은 바위 위에서 자신을 내려다보는 덩치 큰 회색 늑대와 마주쳤다.

"으악!"

화길이는 비틀거리며 나무 사이로 도망쳤다. 그러다 어느 순간 힐끔 돌아보았다. 바위 위에 서 있던 늑대가 화길이를 응시하고 있었다. 늑대는 더 크게 울었다. 그때 화길이는 깨달았다.

"나를 몰고 있는 거구나."

어디로 몰아가는지에 대한 궁금증은 금방 풀렸다. 나무들이 가득한 숲을 지나자 갑자기 절벽이 나타난 것이다. 아래쪽에는 얼어붙은 강이 보였는데 높이가 수십 척은 되어 보였다. 화길이의 발에 채인 눈 더미가 절벽 아래로 비처럼 떨어졌다. 화길이는 뒤돌아섰다. 수십 마리의 늑대들이 화길이를 중심으로 둥그렇게 둘러싸고는 천천히 절벽 쪽으로 몰았다. 순식간에 사냥감이 된 화길이는 주춤대다가 절벽 끝까지 몰렸다. 순간 화길이는 뛰어내릴까 고민했지만 절벽 끝에서 아래를 내려다보니 까마득했다. 심지어 바로 앞에는 눈 속에 파묻힌 사람의 뼈까지 있었다. 그걸 본 화길이가 중얼거렸다.

"이런 식으로 사냥을 했구나."

어떻게든 빠져나가야 했지만 방법을 찾지 못했다. 그때 절벽에서 바깥으로 뻗은 소나무 한 그루가 눈에 들어왔다. 바람 때문인지 위로 자라지 못하고 절벽 쪽으로 자란 소나무는 몸통이 제법 굵었다. 주저하던 화길이는 용기를 내기로 했다. 아버지가 얘기한 대로 나쁜 기억을 가지고 있으면 앞으로 나아갈 수 없기 때문이다. 화길이는 심호흡을 크게 한 번 하고는 소나무에 발을 디뎠다. 갑작스러운 무게가 더해지자 소나무가 기우뚱하면서 안고 있던 눈을 털어냈다.

"떠, 떨어지지는 않겠지?"

화길이는 두 팔을 벌린 채 조심스럽게 균형을 잡으면서 조금씩 걸음을 옮겼다. 화길이의 갑작스러운 움직임에 늑대들은 당황했는지 울음소리를 주고받았다. 절벽으로 뻗은 소나무의 중간까지 걸어갔을 때 화길이는 그만 발을 헛디디고 말았다.

"으악!"

그 순간 화길이는 두 팔을 쭉 뻗어 나무에 매달렸다. 그러곤 겨우 위로 올라와서 소나무 위에 엎드렸다. 눈보라가 더욱 거세지면서 손이 얼어붙는 것처럼 추웠지만 화길이는 꾹 참고 버텼다. 지켜보던 늑대들 중 한 마리가 소나무에 올라탔다. 그리고 화길이에게 다가가며 이빨을 드러냈다. 늑대들이 포기할 줄 알았던 화길이는 당황했다.

"야! 오지 마!"

고래고래 소리를 질러도 늑대는 조심스럽게 소나무를 밟으며 화길이에게 다가왔다. 두 팔로 소나무를 끌어안고 엎드려 있었기에 할 수 있는 게 아무것도 없었다.

"죽장도라도 있었으면 어찌해 보겠는데 말이야."

눈이라도 뭉쳐서 던져야 할까 생각하는데 갑자기 거센 바람이 불어왔다. 눈의 방향이 바뀔 만큼 세찬 바람이 불자 화길이는 두 팔로 소나무를 더 꽉 끌어안았다. 그때 나무 위를 걸어오던 늑대가 절벽 아래로 떨어졌다. 네 다리를 버둥거리며 떨어진 늑대는 얼어붙은 강과 충돌하면서 그대로 산산조각이 나버렸다. 그 모습을 본 다른 늑대들은 일제히 성난 울음소리를 내뱉었다. 하지만 동료 늑대의 추락을 똑똑히 봐서 그런지 아무도 화길이에게 다가오지 못했다. 눈보라가 더욱 거세지며 차가운 대치가 이어졌다. 화길이는 거센 추위에 한기를 느끼다가 점점 정신이 희미해졌다.

"저, 정신을 차려야 해."

정신을 잃으면 그 즉시 아래로 떨어지거나 얼어 죽을 수 있었다. 하지만 그렇다고 늑대들이 있는 곳으로 갈 수는 없었다. 화길이는 고래고래 소리를 지르거나 뺨을 때리면서 정신을 잃지 않으려고 노력했다. 그럴 기운조차 사라진 다음에는 지금까지 겪었던 일들을 떠올렸다. 면주전의 화재를 진압하다가 눈이 내린 것을 보았던 날부터 그 이후에 벌어진 끔찍한 일들까지 하나씩 기억해 냈다. 그러다 부광이가 자신을 버리고 사라졌던 그날을 떠올렸을 때 애써 버티고 버티던 화길이는 결국 정신을 잃고 말았다. 마지막으로 아버지의 얼굴을 떠올린 화길이가 중얼거렸다.

"아, 아버지, 미안해요. 결국 따뜻한 땅을 찾지 못했어요."

새로운 세상에서

화길이가 다시 눈을 떴을 때는 눈이 그친 이후였다. 햇빛이 희미하게 땅을 비추고 있었지만 밤새 내린 눈은 주변에 두껍게 쌓여 있었다. 화길이가 엎드려 있던 소나무에도 눈이 소복이 덮여 있었다. 늑대들은 돌아갔는지 더 이상 보이지 않았다. 정신을 차린 화길이는 자기 몸을 조심스레 더듬었다.

"얼어 죽지 않았네?"

오히려 몸은 더 따뜻해진 느낌이었다. 어찌 된 일인지 어리둥절해하던 화길이는 일단 소나무에서 벗어나기로 했다. 화길이는 엎드린 채 조금씩 앞으로 기어갔다. 그리고 마침내 땅에 발을 내딛자 그제야 한숨을 돌렸다. 화길이는 여전히 자신이 살아난 것이 믿기지 않았다.

"대체 어떻게 된 거지?"

눈에 젖은 옷은 얼음장같이 차가웠다. 이런 상태로 눈 내리는 절벽 끝 소나무에서 오랫동안 있으면 그 누구라도 얼어 죽을 수밖에는 없었을 것이다. 그런데 화길이는 살아남았고 동상조차 걸리지 않았다. 자신의 몸을 더듬으면서 퍼뜩 정신을 차렸다.

"늑대들이 다시 올지 몰라. 어서 여기를 떠나자."

부광이를 찾는 것도 일단 포기하고 북쪽으로 계속 가기로 한 화길이는 서둘러 발걸음을 옮겼다.

걷는 내내 화길이는 자신이 얼어 죽지 않는 이유에 대해 생각했다.

'보통 사람이라면 죽을 수밖에 없었을 텐데…….'

6월에 눈이 내리고 온 세상이 추워진 뒤로 수많은 사람이 얼어 죽었다. 눈보라 치는 밖에서는 아무리 두껍게 옷을 입어도 오래 버틸 수 없다. 모닥불은 금방 꺼지고 옷은 눈에 젖기 때문이다. 그런데 화길이는 절벽에서 세찬 바람이 불고 눈보라가 치는데도 얼어 죽지 않았다. 그런 사람은 본 적이 없고, 얘기를 들은 적도 없었다.

"추워도 얼어 죽지 않다니."

지금 같은 세상에서는 축복받은 능력이었다. 하지만 화길이는 눈 쌓인 산길을 내려가며 당분간 이런 얘기를 아무에게도 말하지 않기로 마음먹었다. 그러다가 발걸음을 멈췄다. 길가에 있는 움막을 발견했기 때문이다. 사람이 사람을 잡아먹고 약탈하면서 더는 누군가를 믿지 못해 산이나 계곡으로 들어와 머무는 자들이 많아졌다. 이곳에 움막을 지은 사람도 그런 이유 때문인 거 같았다. 화길이 역시 더 이상 사람을 믿지 못하는 상황이었다. 그냥 지나갈까 싶었지만 한동안 아무것도 먹지 못했다는 사실을 깨닫고 움막 쪽으로 걸음을 옮겼다. 누군가 무기를 들고 튀어나올지 모른다는 두려움에 조심스럽게 다가가던 화길이의 귀에 이상한 소리가 들렸다.

"뭐지? 울음소리 같은데?"

입구는 가죽으로 막혀 있었다. 손으로 조심스럽게 가죽을 젖히자 안쪽의 풍경이 보였다. 가운데에는 모닥불이 피워져 있었고, 안쪽에는 누군가 누워 있었다. 그리고 머리맡에는 열 살 남짓 되어 보이는 여자아이의 뒷모습이 보였다. 빨간 댕기를 한 여자아이가 인기척을 느끼고는 고개를 돌렸다. 화길이와 눈이 마주친 여자아이의 눈동자가 커졌다.

"누, 누구세요!"

비명을 지른 여자아이가 작은 칼을 두 손으로 움켜쥐었다. 화길이가 난감해하며 손사래를 쳤다.

"나쁜 사람 아니야. 그냥 소리가 나서 들어와 본 것뿐이라고."

"거짓말! 처음에는 그랬다가 나중에 본색을 드러낸다고요!"

그런 일이 너무 많았을 거라고 생각하며 화길이는 그만 물러나기로 했다.

"그래, 나는 갈 길 갈게. 미안."

도로 밖으로 나가려는데 누워 있던 사람이 힘없이 손을 뻗었다.

"나그네여, 떠나지 말고 잠시 들어오시게나."

"할머니! 어떤 사람인지 모르잖아요."

여자아이의 말에 할머니가 대답했다.

"오기로 했던 사람이다. 안으로 모셔라."

"예."

여자아이가 칼을 내려놓고는 옆으로 물러나 앉았다.

"할머니가 들어오라고 하셨어요."

엉겁결에 고개를 끄덕거린 화길이는 안으로 기어들어 갔다. 모닥불이 피워져 있어서 그런지 움막 안이 훈훈했다. 주변을 돌아보던 화길이는 깜짝 놀랐다. 벽 곳곳에 울긋불긋한 천으로 만든 깃발과 작은 인형, 방울과 칼 같은 것들이 걸려 있었기 때문이다. 화길이의 시선을 읽은 여자아이가 입을 열었다.

"우리 할머니는 신통력 있는 무당이었어요."

"무당이라고?"

화길이의 반문에 누워 있던 할머니가 쓴웃음을 지었다.

"다 지난 일이지. 무당이지만 세상이 이렇게 변할지는 몰랐으니까. 넌 어떻게 지냈니?"

"한양에서 멸화군으로 일했어요. 면주전에 난 불을 끄다가 눈이 내리는 걸 봤죠."

"한양도 화를 면하지는 못했을 텐데?"

"네. 서로 죽고 죽이고, 집을 불태우고 있어요."

"그런데 어째서 더 추운 북쪽으로 오셨는가?"

주저하던 화길이가 대답했다.

"북쪽에 따뜻한 곳이 있다고 들어서요. 아버지가 그곳을 찾아보라고 해서 가고 있는 중입니다."

할머니가 크게 기침을 토해냈다. 그러자 옆에 있던 여자아이가 속상한 표정으로 말했다.

"할머니, 더 얘기하지 마시고 쉬세요."

"아니다. 이제 나는 얼마 남지 않았어."

숨 가쁘게 말하는 할머니를 보던 여자아이가 고개를 돌리더니 울음을 터트렸다. 그걸 본 할머니가 화길이에게 말했다.

"경혜가 강단이 있긴 하지만 아직 나이가 어려서 마음이 여리다오."

"당찬 아이인 거 같긴 하네요."

"젊은이 이름은 무엇인가?"

"화길입니다. 정화길."

이름을 들은 할머니가 조용히 눈을 감았다가 떴다.

"어제 섬기던 몸신이 내 몸을 떠났네. 보통 무당이 죽을 때가 되면 몸신이 떠나지."

죽음이 흔한 세상이 되긴 했으나, 자신의 죽음을 담담하게 말하는 사람에게 화길이는 무슨 말을 해야 할지 몰라 머뭇거렸다. 그러자 할머니가 잔잔한 웃음을 지어 보였다.

"그런데 몸신이 나를 불쌍하게 여기셨는지 떠나기 전에 말씀하셨네."

"무슨 말씀을요?"

"조만간 누군가 찾아올 거라고 말이야. 이름에 될 화化 자가 있는 사람인데, 그 사람이 손녀를 구해줄 것이라고 하였네. 그런데 자네가 정말 나타났어."

얼마 전 절친한 친구에게 배신당하고 죽을 뻔했다가 살아난 것만으로도 이상한데, 화길이는 더 큰 혼란을 느꼈다.

"우, 우연일 겁니다. 저는 누굴 구해주고 말고 할 처지가 아닙니다."

"험난한 시대가 되었지. 자식이 부모를 버리고, 부모가 자식을 잡아먹고 있어. 도리와 인의를 얘기하던 선비가 칼을 들고 도적이 되었으니까 말이야."

"그런 세상이 되었지요. 얼마 전에는 조선 사람이 조선 사람을 죽이는데 여진족이 나타나서 구해주는 걸 봤습니다."

"이 혼란이 얼마나 계속될지는 알 수 없지만 그래도 사람들이 모두 사라지지는 않을 것이야. 어떻게든 살아남겠지. 문제는 어떻게 살아남느냐일 거야."

"그렇지만 저는 사람 고기를 먹으면서까지 살고 싶지는 않습니다."

"몸신께서 제대로 점지해 주셨구나. 저 아이를 꼭 데려가다오."

"하지만 저는 제 앞가림도 못합니다. 누굴 돌봐주거나 지켜줄 수 없어요."

화길이가 거절하자 할머니는 가까이 오라고 손짓했다. 그러더니 주저주저하며 다가간 화길이에게 귓속말을 했다.

"나는 자네가 어떤 힘을 갖고 있는지 알아."

"뭐라고요?"

화길이가 놀란 얼굴로 할머니를 쳐다보자 옆에 있던 여자아이가 쏘아봤다. 할머니가 여자아이를 가리키며 말했다.

"이 애는 경혜라고 하네. 얘를 데리고 가면 그 힘에 대해서 알게 될 거야. 아직 어리지만 신통력 있는 아이거든."

"그게 힘입니까? 아니면 저주입니까?"

할머니는 무슨 얘긴지 몰라서 눈을 동그랗게 뜬 경혜를 힐끔 바라보며 대답했다.

"어떤 마음을 먹느냐에 따라서 힘이 될 수도 있고, 저주가 될 수도 있지. 그러니 마음 단단히 먹어."

화길이는 천천히 고개를 끄덕거렸다. 자신이 없었지만 어제 추위를 견딜 수 있었던 것에 대한 해답을 얻을지도 모른다는 생각이 들었던 것이다. 화길이의 대답에 할머니가 숨을 몰아쉬었다.

"내가 누운 곳 바닥의 돌을 걷어내면 먹을 게 든 보따리가 있을 걸세. 가는 여정에 도움이 될 거야."

"알겠습니다."

화길이가 다시금 고개를 끄덕이자 할머니는 물러나 있던 경혜에게 가까이 오라고 손짓했다. 경혜가 할머니에게 가까이 다가가며 울음을 터트렸다.

"할머니!"

"슬퍼하지 말아라. 사람은 태어나면 죽게 마련이니까."

"그래도 할머니가 없으면 전 어떡해요?"

"저 사람이 너를 좋은 곳으로 데려다줄 것이다. 그러니 나를 믿고 그를 따르거라."

"나쁜 사람인지도 모르잖아요."

"아니다."

할머니가 울고 있는 경혜의 손을 쓰다듬으며 말했다.

"가슴에 불을 가지고 있는 사람이야. 불이 어떤 성질을 가지고 있다고 내가 말했지?"

"주변을 밝히고 따뜻하게 해준다고 했어요."

"맞아. 요즘 같은 시대에 반드시 필요한 사람이지. 몸신께서 점지해 준 사람이란다. 그러니 의심하지 말고 따르거라. 알았지?"

경혜가 울면서 고개를 끄덕거리자 할머니가 크게 숨을 들이쉬었다.

"나는 곧 몸신을 뵈러 떠날 것이다. 내가 떠나면 아래 있는 보따리를 챙겨서 떠나거라. 그리고 이곳은 불태워버려라. 이놈의 추위, 정말 지긋지긋해. 죽고 나서는 따뜻하게 살고 싶구나."

"할머니, 죽지 마요!"

"죽는 게 아니나라 새로운 세상으로 떠나는 거라고 하지 않았느냐. 몸신도 만나러 가고, 자식이랑 며느리도 만나러 갈 거다. 할미가 웃으면서 갈 수 있게 울지 말고 배웅해 다오."

경혜는 돌아서서 울었다. 그걸 본 화길이가 할머니의 손을 잡으며 말했다.

"손녀는 제가 최선을 다해서 돌보겠습니다."

"고맙네. 자네는 평범한 시대에 태어났다면 행복하게 살다 갈 운명이었을 거야."

"지금은요?"

"평범하게 살 수 없는 난세가 되면 세상을 밝히는 영웅이 되거나 아니면 타락한 영웅이 될 거야."

"제 힘 때문입니까?"

"그 힘을 어떻게 쓰느냐 네 마음먹기에 따라 결정되겠지. 그것까지는 몸신이 알려주지 않았어. 몸신이라고 해도 사람의 마음까지 꿰뚫어 보지는 못하니까."

화길이는 타오르는 모닥불을 바라보면서 대답했다.

"저 모닥불처럼 사람들을 따뜻하게 해주는 사람이 될게요."

"그렇게 해주게. 사람들을 불쌍히 여기고 힘 때문에 찾아오는 유혹을 이겨주게. 힘들겠지만 자네의 심성이라면 가능할 거야."

그 얘기를 끝으로 할머니는 눈을 감았다. 할머니의 몸에서 온기가 사라지자 화길이는 구석에서 울고 있는 경혜에게 말했다.

"할머니가 떠나가셨다. 작별 인사해라."

"싫어요. 할머니랑 헤어지기 싫어요."

"나도 헤어지는 건 싫어. 죽기보다 말이야. 하지만 해야 할 일이 있으니 살아야 해."

"이런 세상에서 무슨 일을 해야 하는데요?"

울먹거리던 경혜의 물음에 화길이가 대답했다.

"따뜻한 땅을 찾아야 해. 반드시."

"온 세상이 얼어붙었는데 그런 곳이 어디에 있겠어요?"

"백두산에."

"거긴 북쪽에서도 멀리 떨어진 곳이잖아요. 여기보다 더 추워요."

"그렇긴 한데, 화산이라서 따뜻한 땅이 있을 거라고 했어."

"정말요?"

경혜가 훌쩍거리며 묻자 화길이는 고개를 끄덕거렸다.

"나는 그렇게 믿어. 그러니까 반드시 그 땅을 찾을 거야."

경혜가 방금 숨을 거둔 할머니를 가리키며 말했다.

"같이 옮겨요."

"뭐라고?"

"할머니가 누운 곳 아래에 식량이 있어요."

그제야 화길이는 조금 전에 들었던 할머니의 말을 떠올리고 경혜와 함께 조심스럽게 시신을 옮겼다. 이불을 들춰내니 그 아래에 돌이 보였다. 경혜가 두 손으로 돌을 걷어내자 흙이 잔뜩 묻은 보따리가 나왔다. 경혜는 그 안에서 육포를 꺼내 화길이에게 건넸다.

"할머니가 덫으로 잡은 토끼랑 노루로 만든 거예요."

"엄청 많구나."

"정말 아끼고 아끼셨어요. 제가 제발 드시라고 했는데도 안 드시고 모은 거라고요."

경혜가 잘 말린 육포 조각 하나를 건넸다. 천천히 입 안에 넣고 씹자 고기 맛이 느껴졌다. 경혜 역시 육포를 씹으면서 눈물을 함께 삼켰다. 잠시 후 보따리와 칼을 챙긴 경혜가 일어나더니 벽에 걸린 방울을 챙겼다. 화길이가 바라보자 경혜가 당차게 대답했다.

"할머니가 이건 꼭 챙기라고 했어요. 나중에 신을 부를 때 써야 한다고 했거든요."

"그래, 필요한 건 다 챙겨."

이것저것 챙긴 경혜가 마지막으로 누워 있는 할머니에게

다가가 뺨을 어루만지며 속삭였다.

"잘 있어요, 할머니. 영원히 기억할게요."

그러고는 모닥불에서 불이 붙은 장작개비를 하나 들고 밖으로 나갔다. 화길이도 경혜를 뒤따라 나왔다. 경혜는 화길이에게 잠시 비켜달라고 하더니 할머니의 시신이 있는 움막에 불을 질렀다. 눈이 많이 쌓이긴 했어도 나무로 지어져서 그런지 곧 불이 붙었다. 활활 타오르는 움막을 보면서 경혜가 중얼거렸다.

"부디 따뜻한 세상으로 가세요."

한동안 움막을 바라보던 경혜가 한숨을 쉬고는 화길이에게 물었다.

"백두산은 어떻게 갈 거예요?"

"의주대로를 걸어서 의주까지 올라갔다가 거기서 압록강을 거슬러 오를 거야."

"오래 걸어야겠네요."

"한양에서부터 여기까지 온 것보다는 짧겠지."

"앞장서세요."

경혜가 당차게 얘기하고는 족제비 가죽으로 만든 남바위를 푹 눌러썼다. 그러곤 화길이에게 아까 뽑았던 칼을 건넸다.

"가지세요."

"날 너무 믿는 거 아니니?"

"할머니가 믿으라고 했으니까요. 다른 방도가 없으면 믿어야죠."

단호하게 얘기한 경혜가 칼을 더 앞으로 내밀었다. 한 뼘 반 정도 되는 날을 가진 약간 긴 단검이었는데, 손잡이와 칼집 모두 별다른 장식 없이 검은색 옻칠이 되어 있었다. 칼을 챙긴 화길이가 경혜에게 말했다.

"잘 따라와. 갈 길이 멀어."

"네."

화길이는 오랜 친구 대신 새로운 동반자와 함께 북쪽으로 향했다. 잠시 멈췄던 눈이 다시금 내릴 기미가 보였다.

북쪽으로 가는 길

모두가 경이로운 눈으로 한 사람을 바라봤다. 추위를 견디기 위해 털가죽을 비롯해 온갖 옷가지들을 껴입은 사람들과 달리, 백마를 탄 성창 대군만은 얇은 저고리 차림이었기 때문이다. 엄청나게 추운 날씨인지라 동상에 걸려서 피부가 썩거나 손가락, 발가락이 떨어져 나가는 일이 허다했다. 그런데 성창 대군은 옷고름도 풀어 헤치고 가슴을 그대로 드러낸 채 강추위를 아무렇지도 않게 견디고 있었다. 성창 대군이 경이로운 능력을 가지고 있는 건 분명했다.

창백한 피부에 갸름한 얼굴은 귀하게 자랐음을 보여줬다. 하지만 성창 대군의 뺨과 입술에는 상처가 나 있고, 목덜미에는 불에 덴 흔적도 보였다. 귀에 달린 옥 귀걸이가 바람에 쉴 새 없이 흔들리고 있을 때였다. 존경심 가득한 부하들의 눈길을 듬뿍 받은 성창 대군이 한쪽 손에 들고 있던 환도를 크게 휘둘렀다.

"전진!"

부하들은 함성을 지르며 거대한 대열을 이룬 채 전진했다. 눈 쌓인 벌판 너머 목책 뒤에서 화살들이 날아왔다. 부하들은 달려가며 짚이나 나무로 만든 방패를 위로 치켜들었다. 서릿발 같은 화살들이 방패와 바닥에 박히고, 일부는 부하들의 몸통이나 다리에 꽂혔다. 쓰러진 부하들은 피가 흐르는 다리를 질질 끌고 바닥을 기었다. 목책에 가까이 다가갈수록 화살은 더 심하게 쏟아졌다. 하지만 부하들은 죽음을 무릅쓰고 돌진했다.

마침내 살아남은 선두 병력이 목책에 도달했다. 괴성을 지르며 일제히 목책에 매달리는데, 안쪽에서 기다렸다는 듯 창들이 나란히 튀어나왔다. 창에 찔린 부하들은 괴로운 표정으로 신음 소리를 내면서 눈 쌓인 바닥으로 떨어졌다. 하지만 성창 대군은 그 정도는 예상했다는 듯 꿈쩍도 하지 않았다.

"더욱더 거세게 몰아붙여라! 이렇게 싸워서 어찌 승리를 얻는단 말이냐!"

성창 대군의 재촉에 나팔 소리가 울렸다. 그러자 뒤에서 대기하던 방패를 든 병사 부대, 팽배수가 움직였다. 두꺼운 털가죽을 입은 대열이 방패를 들고 서서히 목책에 접근했다. 첫 번째 대열이 거의 와해됐지만 목책을 지키던 쪽도 적지 않은 피해를 입었는지 숫자가 많이 줄어든 상태였다. 다시 한번 화살이 날아들었다. 그러나 방패에 막히고 말았다. 차근차근 전진하던 두 번째 대열을 지켜보던 성창 대군에게 곰 가죽을 입은 부하가 다가왔다.

"지자총통이 준비되었습니다. 몇 발 쏠까요?"

성창 대군이 목책 쪽을 바라봤다. 화살 세례를 무릅쓰고 두 번째 대열이 목책을 막 넘어가는 중이었다. 잠깐 고민하던 성창 대군이 고개를 저었다.

"곧 목책을 넘을 거 같으니까 일단 놔둬. 잘못 쐈다가 식량 창고가 부서지면 곤란해."

"알겠습니다."

공손히 대답한 곰 가죽을 입은 부하가 뒷걸음질로 물러났다. 두툼한 털가죽을 입고 말을 탄 십여 명의 호위병들이 성창 대군 주변에 서 있었다. 성창 대군은 그들과 일일이 눈을 마주치고는 다시 목책 쪽을 바라봤다. 치열한 전투가 계속되는 가운데 마침내 부하들이 목책을 넘어가고 있었다. 성창 대군이 히죽 웃으며 고삐를 당겼다.

"가자!"

성창 대군이 탄 말이 움직이자 곰 가죽을 입은 부하가 호위병들을 향해 손짓했다. 그러자 호위병들이 성창 대군의 주변을 둘러싸고, 그 앞쪽으로 삼혈총이라고도 불리는 삼안총을 비롯해 각종 총통으로 무장한 부하들이 수호하며 걸어갔다. 성창 대군의 최후의 부대라고 불리는 이들은 이 전투에서 승기의 쐐기를 박는 역할을 했다. 그들을 이끄는 성창 대군이 목책에 거의 도달할 즈음 다시 화살들이 날아오기 시작했다. 말을 탄 호위대가 성창 대군 앞과 옆으로 바싹 붙더니 방패를 들어 올려 화살을 막았다. 방패와 방패 틈으로 세찬 바람이 밀어닥쳐도 성창 대군은 전혀 추위가 느껴지지 않는지 오히려 호탕하게 웃었다.

"시원하구나. 시원해."

그때 돌이 날아와 호위대 중 한 명의 머리를 강타하며 말에서 떨어졌다. 목책 한구석에 있던 사람들이 다가오는 성창 대군을 보고 돌을 던진 것이다. 쓰러진 호위대의 빈자리는 금방 채워졌다. 곰 가죽을 입은 부하가 외쳤다.

"오른쪽 보루에 있는 놈들이다. 발포하라!"

잠시 후, 삼안총을 비롯한 여러 총통들이 불을 뿜더니 총통에 꽂힌 화살들이 살벌한 소리를 내며 날아갔다. 그러자 돌을 던지던 사람들 중 몇 명은 피를 토하며 쓰러졌고, 나머지는 돌을 버리고 황급히 몸을 숨겼다. 그걸 본 성창 대군이 큰 소리로 웃었다.

"솜씨를 보니 염천교나 애오개 석전 패거리 같구나. 한양에서 제일가는 패거리였는데 말이야."

성창 대군의 호탕한 웃음에 곰 가죽을 입은 부하가 대꾸했다.

"저도 본 적이 있습니다. 하지만 대군 전하께 흉악한 짓을 했으니 모두 죽여야 마땅합니다."

"죽이지는 말고 돌을 던진 그 팔을 잘라. 지금 세상에서는 죽는 것보다 살아 있는 게 더 고통이니까 말이야."

곰 가죽을 입은 부하가 고개를 숙인 채 대답했다.

"분부대로 시행하겠습니다."

잠깐의 위기가 지나가는 사이, 목책은 거의 허물어졌다. 성창 대군의 부하들이 속속 목책을 넘어갔다. 목책을 지키던 사람들은 피투성이가 된 채 쓰러졌거나 무기를 버리고 항복했다. 한쪽으로 몰린 포로들은 무릎을 꿇고 고개를 숙인 채 두 손을 들었다. 굳게 닫힌 문이 활짝 열렸다. 말을 탄 성창 대군과 호위병들이 그대로 안으로 들어갔다. 목책 안은 어느

새 싸움터로 변했다.

곳곳에 있던 초가집과 통나무집 들은 활활 타올랐고, 집을 보호하려던 어른들은 주변에 쓰러졌다. 그 옆에서 아이들은 엉엉 울고 있었다. 목책을 지키던 사람들이 가운데 있는 통나무와 흙으로 만든 망루로 몰려와 화살을 쏘고 돌을 던졌다. 성창 대군의 부하들이 하나둘씩 쓰러졌다. 성창 대군 코앞에도 화살이 떨어지자 그가 못마땅하다는 듯 외쳤다.

"망루 꼭대기를 날려!"

총통들이 일제히 망루의 꼭대기를 향해 발사되었다. 요란한 폭음과 함께 불꽃이 튀자 그곳을 지키던 사람들이 벌벌 떨었다. 삽시간에 망루 꼭대기는 벌집이 되었고, 총통에서 쏜 피령전에 가슴이 꿰뚫린 시신이 아래로 떨어져서 산산조각이 났다. 총통의 위력 앞에 목책을 지키던 쪽은 황급히 무기를 버리고 항복하거나 망루 안으로 도망쳐서 문을 걸어 잠갔다. 그 모습을 보고 성창 대군이 말에서 내리며 외쳤다.

"공격 중지!"

방금 전까지 맹렬하게 움직이던 부하들이 모두 멈췄다. 망루 앞에 선 성창 대군이 주변을 돌아봤다. 죽거나 다친 자들이 하얀 눈 위에 피를 뿌린 채 싸늘하게 식어가고 있었다. 다시 한번 성창 대군이 두 팔을 번쩍 들었다.

"이번에도 우리가 이겼다! 반란군을 무찔렀다!"

그러자 살아남은 부하들이 피 묻은 칼과 창을 머리 위로 흔들면서 함성을 질렀다. 성창 대군이 입고 있던 저고리를 벗어 던지며 승리를 만끽했다. 함성이 잦아들자 성창 대군은 옆에 있던 곰 가죽을 입은 부하를 바라봤다.

"마량!"

"예! 대군 전하."

"반란군의 수괴는?"

"도주하는 걸 부하들이 잡았다고 합니다."

"끌고 와라."

마량이 "예!" 대답하며 누군가를 향해 손짓했다. 곧이어 붉은색 융복에 털가죽 조끼인 배자를 입은 관리가 질질 끌려왔다. 이미 무릎과 손이 피투성이가 된 관리가 성창 대군 앞에 팽개쳐졌다. 관리는 벌벌 떨며 성창 대군을 올려다봤다가 바로 고개를 조아렸다.

"네놈이 가산 군수 오효태로구나."

"그, 그러하옵니다. 대군 마마."

"조정의 녹을 먹는 관리가 어찌해서 나의 군대를 막고 문을 굳게 닫아 저항하였느냐?"

"하, 하오나 아무에게도 문을 열지 말고 협조하지 말라는 조정의 명이 있었습니다."

가산 군수 오효태의 대답을 들은 성창 대군이 주먹을 불끈 쥔 채 소리쳤다.

"조정이라니! 지금 조정이 어디 있다고 조정을 들먹이느냐? 임금은 세자와 측근들을 데리고 사라진 지 오래다. 너는 조정의 흔적을 대체 어디서 발견하였느냐? 지금쯤은 이 세상 사람이 아닐 수도 있을 텐데?"

성창 대군의 반박에 오효태는 뭔가를 결심했는지 고개를 들었다.

"아무리 대군이라고 하셔도 죄를 짓고 유배된 몸. 어찌 자중하지 않고, 도적들을 이끌고 평화롭게 살아가는 이곳을 공격하셨습니까? 조정이 설사 멀리 갔다고 해도 조선에 임금의 은혜가 미치지 않는 곳이 어디 있겠습니까?"

오효태의 얘기를 들은 성창 대군의 표정이 싸늘해졌다.

"그래, 만고의 충신이로구나. 나는 억울한 누명을 쓰고 동래에 유배되었지. 하루는 선전관이 와서 사약을 마시라고 하더구나. 사약을 마시고 방에 들어가 누웠는데 죽지 않고 눈을 떴지. 내가 눈을 뜨자 선전관이 문을 걸어 잠그고 불을 질렀다. 간신히 빠져나와서 선전관을 죽였는데 세상은 바뀌어 있더구나. 이것이 나의 억울함을 하늘이 알아준 것이 아니고 무엇이냐?"

"한여름에 눈이 내린 것이 어찌 대군의 억울함을 하늘이 알아준 것이라고 하십니까? 이 많은 백성이 고통받는 것은 필시 하늘이 대군의 억울함을 풀어주기 위한 것이 아니라 대군이 죄를 짓고도 살아나서 그런 것이 아니겠습니까?"

오효태의 발언에 화가 난 성창 대군이 그를 노려보며 말했다.

"시끄럽다. 세상이 뒤집히고 바뀌었는데 보이지도 않는 조정의 명을 핑계로 내 명을 어긴 것은 명백한 너의 잘못이다. 이제 너의 목을 베고 껍질을 벗겨서 만천하에 죄상을 알릴 것이다."

오효태가 주변을 돌아보며 말했다.

"여기를 한번 보십시오. 이 춥고 눈이 쌓인 곳 어디에 만천하가 있습니까? 지금이라도 죄를 뉘우치고……."

오효태는 말을 끝맺지 못했다. 성창 대군이 뽑아 든 환도에 가슴이 찔렸기 때문이다. 피가 칼날을 타고 흐르며 눈과 살육으로 지저분해진 땅에 뚝뚝 떨어졌다. 오효태가 눈 위에서 버둥거렸다. 성창 대군은 분이 풀리지 않았는지 오효태를 난도질했다. 오효태의 피와 살점이 사방으로 날아가 성창 대군의 가슴에도 튀었다. 하지만 성창 대군은 개의치 않아 했다. 오히려 분이 풀릴 때까지 마구 베어버렸다. 그리고 피 묻은 환도를 마랑에게 넘겨주며 말했다.

"포로들을 한데 모아."

마랑이 고개를 끄덕거리고는 돌아서서 지시를 내렸다. 목책 안에서 싸우다 포로로 잡힌 사람들이 망루 앞으로 끌려왔다. 차례대로 무릎이 꿇린 그들 앞에 성창 대군이 두 팔을 벌리고 섰다.

"나를 보라! 숨 쉬기도 어려운 이런 추위는 나에게 아무것도 아니다. 그것은 내가 왕실의 진정한 후손이며 하늘의 보살핌을 받았다는 증거이다. 역모의 억울한 누명으로 사약을 마시고 나서 이런 능력이 생겼다. 나를 보라!"

성창 대군은 두 팔을 더욱 크게 펼쳤다. 그리고 맨살로 차가운 바람을 맞으면서 더욱 크게 소리쳤다.

"이 엄동설한을 아무렇지도 않게 견디고 있다! 나의 이 능력은 하늘이 내려준 것이며, 내가 새로운 조선을 이끌어갈 것임을 알려주는 증거다. 그러니 나를 따르고 섬겨라. 그리하면 새로운 세상을 살아갈 수 있게 해주겠다!"

쩌렁쩌렁한 성창 대군의 외침은 창백한 추위를 뚫고 날아갔다. 포로들이 술렁거렸다. 성창 대군은 활짝 벌렸던 팔을 내리며 말했다.

“마지막 기회다. 두 다리로 걷고 싸울 수 있으며 자기 몫의 일을 할 수 있는 자들은 모두 환영이다.”

여전히 술렁거리는 가운데 몇 명의 포로가 앞으로 나왔다. 눈으로 재빨리 숫자를 세어보던 성창 대군이 자신의 저고리를 챙겨온 마랑에게 말했다.

“이 정도면 충분하니까 나머지는 망루 안에 집어넣고 불태워버려.”

마랑은 그 즉시 부하들을 데리고 사람들을 망루로 몰아넣었다. 그리고 시신과 수레 같은 걸로 문을 막아버린 뒤 불을 붙였다. 처음에는 잘 붙지 않았던 불이 바람을 타면서 삽시간에 크게 번졌다. 성창 대군이 말에 올라타 이 모습을 계속 지켜보고 있을 때 갑작스러운 외침이 들려왔다.

“대군 전하! 북쪽에 야인들이 나타났습니다!”

야인이라는 말에 성창 대군은 서둘러 말 머리를 돌렸다. 목책 모서리에 모여 있던 부하 몇 명이 북쪽을 바라보면서 손가락질을 했다. 눈 쌓인 벌판 끝에 말을 탄 여진족이 보였다. 그들의 시선을 느낀 성창 대군이 뒤따라온 마랑에게 외쳤다.

“지자총통을 가져와서 한 방 먹여!”

마랑의 재촉에 지자총통이 급하게 배치되었다. 미리 장전

된 상태여서 심지에 불을 붙이자마자 다른 총통과는 비교할 수 없을 정도로 큰 폭음과 함께 장군전이 박차고 날아갔다. 수백 보를 날아간 장군전은 야인들 근처에 떨어졌다. 절반 가까이 박혀버린 장군전이 지축을 뒤흔들자 야인들은 금세 말 머리를 돌리고 사라졌다. 하지만 검은색 털모자를 쓴 야인은 끝까지 움직이지 않았다.

"배짱 하나는 좋구나."

코웃음 치던 성창 대군이 검은색 털모자를 쓴 야인을 노려봤다. 하지만 그는 곧 사라져 버렸다. 성창 대군이 팔짱을 끼고 그곳을 응시하고 있을 때 마량이 다가와 말했다.

"북쪽으로 이동하실 겁니까?"

"물론이지."

성창 대군의 대답을 들은 마량이 눈짓으로 주변을 물렸다.

"부하들이 동요하고 있습니다."

"왜? 북쪽으로 가는 것 때문에?"

"그렇습니다. 남쪽 출신이 많아서 그런지 북쪽으로 갈수록 걱정합니다."

잠시 생각하던 성창 대군이 말했다.

"떠나고 싶은 자들은 가라고 해."

"대군 전하!"

"대신 다시 돌아오는 것은 허락하지 않는다고도 말하고. 따뜻한 땅을 찾아서 여기까지 왔는데 춥다고 돌아서는 것은 무슨 연유인가?"

"두려움 때문이죠. 세상이 바뀌어 그런 것 아니겠습니까?"

마량의 대답에 성창 대군은 흥분하며 아까 야인이 출몰한 벌판을 가리켰다.

"세상이 바뀌니까 야인들이 여기까지 나타났지. 한양은 이미 끝장났고, 평양도 산송장들만 남아 있어. 어디로 가서 살아남아야 할까? 모르면 그냥 따라오라고 해. 다른 길이 있으면 미련 없이 떠나고. 말리지 않을 테니까 말이야."

마량이 죄송하다는 말과 함께 고개를 조아렸다. 그러자 성창 대군이 말했다.

"귀양을 가기 전 명나라에 사절로 갔다가 돌아오면서 백두산에 들른 적이 있었어. 그때 따뜻한 물이 나오는 곳이 있었지. 무슨 뜻인지 알겠지?"

"예, 어찌 대군 전하의 말씀에 의구심을 가지겠습니까? 제가 엄하게 얘기하겠습니다."

"일단 가져갈 수 있는 건 전부 가져가고, 나머지는 모조리 불태운다. 잠시 쉬었다가 출발할 거라고 전해."

마량이 알겠다고 대답하는 순간 불타던 망루가 허물어졌

다. 자욱한 연기와 불길이 사방으로 번져가는 가운데 안에 갇혔다가 불에 탄 시신들이 눈 위로 데굴데굴 굴러떨어졌다. 뜨겁게 타버린 시신들은 주변의 눈을 녹여버렸지만 그것도 잠시뿐, 추위에 금방 얼어 딱딱해졌다. 그리고 이렇게 열기와 냉기를 번갈아 뒤집어쓴 시신들은 종잇장처럼 부서졌다.

의주 근처까지 도달한 화길이와 경혜는 압록강 상류로 올라갔다. 남쪽과는 비교할 수 없을 정도로 춥기도 하거니와 눈이 많이 와서 제대로 걷기도 힘들었다. 거기다 야인들이나 약탈자들이 출몰할지도 모르는 큰길 대신 산을 타야만 했기에 시간은 더 오래 걸렸다. 화길이는 결국 지쳐버렸다. 그래서 산 중턱에 있는 낡은 절을 발견하자마자 경혜에게 말했다.

"아무래도 설피를 만들어야겠어."

"그게 뭔데요?"

화길이는 손짓까지 동원하며 얘기해 줬다.

"일종의 덧신이야. 나무로 만들어서 신발 아래 끼우는 건데, 그걸 신으면 눈길을 좀 더 잘 걸을 수 있어."

경혜가 앞에 펼쳐진 산맥을 바라보며 말했다.

"필요하긴 하겠네요."

"일단 안으로 들어가자."

두 사람은 절로 향했다. 요사채나 다른 것들은 모두 주저앉았고, 하나 남은 대웅전도 지붕에 있는 기와가 절반쯤 날아가고 문짝도 사라진 상태였다. 그런데 지금 상황에서는 지붕이 남은 것만으로도 감지덕지였다. 적어도 눈은 피할 수 있기 때문이다. 혹시 몰라서 화길이는 경혜를 먼저 안으로 들여보내고 주변을 살폈다. 아무래도 이곳은 인적이 끊긴 지 오래된 듯했다. 대웅전 안에 들어간 경혜가 소리쳤다.

"안에 아무도 없어요!"

화길이도 힘겹게 계단을 오른 뒤 대웅전 안으로 들어갔다. 부처님을 모시는 자리는 텅 비어 있었고, 지붕에는 몇 군데 구멍이 뚫려 있었다. 경혜가 모서리 쪽을 가리켰다. 그나마 그곳이 눈보라가 닥치지 않을 장소처럼 보였다. 경혜와 함께 가져온 보따리를 방석 삼아 깔고 앉아 잠깐 숨을 골랐다. 경혜는 구멍이 뚫린 지붕을 올려다보며 중얼거렸다.

"또 눈이 올 기미가 보여요."

"그러게. 그나마 눈을 피할 곳에 자리를 잡아 다행이구나."

"설피는 어떻게 만들어요?"

"손가락 굵기의 나뭇가지를 불에 구워서 천천히 휘어지게 할거야. 그다음에는 모양을 잡고 바닥에 굵은 지푸라기나 나무껍질, 아니면 천 같은 걸 대어서 신는 거지."

"그럼 모닥불을 피워야겠네요?"

"여기서 피우면 될 거 같아. 내가 장작이 될 만한 게 있나 좀 찾아볼게."

"그럼 전 나가서 나뭇가지를 찾아볼게요."

"너무 멀리 가지 말고 근처를 살펴봐."

"그럴게요."

경혜가 몸을 일으켜 대웅전 밖으로 나갔다. 잠시 후 화길이는 부처님이 있던 자리를 향해 합장을 하고는 주변을 돌아봤다.

"기둥을 뽑아서 태울 수는 없고."

다행히 스님들이 불을 피우려고 했는지 널빤지가 조금 쌓여 있는 게 보였다. 화길이는 널빤지를 하나씩 품에 안아 들다가 그 아래 깔려 있는 걸 보고 반색했다. 스님이 메고 다니는 자루 모양의 배낭인 바랑이 하나 있었기 때문이다.

"설피에 쓸 만한 천이네."

그런데 바랑이 바닥에 얼어붙어 있었다. 화길이는 바랑을 뜯어내기 위해 안간힘을 썼다. 그러곤 힘을 좀 쓰긴 했어도 어쨌든 쓸 만한 것을 찾은 거 같아서 신나게 자리로 돌아왔다. 화길이는 널빤지들을 잘게 뜯어서 차곡차곡 쌓은 다음 주머니에서 부싯돌을 꺼내 불을 붙이려고 했다. 하지만 추운 날씨와 얼어붙은 손 때문인지 쉽지 않았다.

"제발!"

간절하게 중얼거리며 연달아 부싯돌을 쳤다. 그렇게 한참을 하자 겨우 연기가 피어오르기 시작했다. 얼른 엎드려서 입으로 살살 바람을 불어 불을 키웠다.

"그래, 그래 잘 붙는다."

나무 조각들에 불이 잘 붙자 이번에는 큰 널빤지를 조심스럽게 올려놨다. 벽이 찬 바람을 막아주고 있어서 순조롭게 불이 커졌다. 안도의 한숨을 쉬고 있을 때였다. 밖에서 이상한 소리가 들렸다.

"뭐지?"

바람결이었지만 비명을 들은 거 같아서 귀를 쫑긋 세웠다. 화길이는 그제야 경혜가 아직 돌아오지 않았다는 사실을 깨달았다.

"경혜야!"

놀란 화길이가 품속에 넣어둔 단검을 뽑아 들고 대웅전 밖으로 나갔다. 비명이 다시 들렸다. 화길이는 바닥에 찍힌 발자국을 따라 대웅전 뒤편으로 향했다. "경혜야!" 하고 뛰어가던 화길이가 발걸음을 멈췄다. 뒷마당에 경혜 말고도 낯선 사람이 있었기 때문이다. 털가죽을 입고 얼굴엔 복면을 한 사람이 경혜의 목덜미에 칼날을 들이대고 있었다. 특이한 점은 머리에 기생이 쓰는 전모를 쓰고 손에 끝이 휘어진 쌍칼을 들었다는 것이다.

경혜는 벌벌 떨고 있었다. 화길이는 싸워봤자 자신이 이길 수 없다는 사실을 깨달았다. 그래서 오직 경혜를 구해야 한다는 생각으로 천천히 칼을 내려놨다.

"우린 누굴 해칠 생각이 없어요. 그러니까 경혜를 풀어주세요."

"너희 둘이 전부야?"

"네. 둘뿐입니다."

"야인이야? 조선 사람이야?"

"조선 사람입니다. 말투 보시면 아시잖아요."

화길이의 대답을 들은 상대방은 경혜의 목에 겨눈 칼을 내려놓으면서 웃었다.

"여기에서는 야인과 조선 사람을 구분하기 힘들어. 야인들 중에도 조선말 잘하는 사람이 한둘이 아니거든."

"저희는 남쪽에서 올라왔어요."

"더 남쪽으로 내려가지, 늘 추운 이곳에는 왜 온 거야?"

"백두산에 따뜻한 곳이 있다고 해서 찾으러 가는 중입니다."

화길이의 말에 상대방은 껄껄 웃으면서 전모를 벗더니 자연스럽게 복면도 벗어버렸다. 그는 이십 대 초반의 여자로, 하늘에서 내리는 눈처럼 창백하고 하얀 얼굴을 가지고 있었다. 화길이가 놀라워하자 상대방이 코웃음을 쳤다.

"왜? 여자는 칼 같은 거 들면 안 돼?"

"그, 그런 건 아니지만 놀랐습니다."

"여기는 험악한 곳이야. 여자라고 봐주는 거 없어. 화살이 남자 여자 가리는 건 아니니까."

"몰랐습니다."

"나는 의주 관아에 소속되어 있던 기생 월화라고 해. 너는?"

"한성부 소속 멸화군에서 일하던 정화길입니다. 올해 열여섯 살이고, 재는……."

경혜를 향해 턱짓하며 화길이가 덧붙였다.

"올해 열한 살인 경혜라고 합니다. 가족은 아니고 오다가 만났어요."

"가족들도 잡아먹는 세상인데 의외네."

월화가 피식 웃으며 경혜를 화길이에게 보냈다.

"여긴 야인들이 수시로 넘어와서 조선 사람들을 약탈하고 잡아가고 있어. 그래서 나 같은 기생들도 말을 타고 활을 쏠 줄 알지. 험한 꼴 당하기 싫으면 남쪽으로 내려가."

"우린 백두산으로 갈 겁니다."

화길이의 대답에 월화가 혀를 찼다.

"백두산은 엄청 험하고 높은 곳이야. 거기다 날씨가 이렇게 변하기 전에도 굉장히 추운 곳이었다고."

"거긴 화산이라 분명 따뜻한 곳이 있을 거라고 했어요. 아버지가요."

"설사 그런 곳이 있다고 해도 이미 늦었어."

"왜요?"

"타이샨이 이끄는 야인들이 거길 장악했거든. 조선 사람이 가면 좋은 꼴 못 봐."

"산이 넓고 높은데, 야인들이 거기에 다 있지는 않을 거잖아요."

"그렇긴 하지. 하지만 거기서 야인과 만나면 죽을 확률이 높아. 아마 곱게도 안 죽일걸."

"왜 야인들은 조선 사람을 죽이지 못해 안달하는 겁니까?"

"그전에는 우리가 그들을 곱게 안 죽였으니까. 아무튼 조심하는 게 좋을 거야."

월화가 경혜에게 눈웃음을 던지고는 무너진 담장 너머로 사라졌다. 곧 말 울음소리가 들리더니 점점 희미해져 갔다. 어느새 경혜가 화길이에게 다가와 한 손에 쥐고 있던 나뭇가지를 보여줬다.

"이 정도면 될까요?"

화길이가 어처구니가 없다는 듯이 말했다.

"목숨이 간당간당한 와중에도 그걸 쥐고 있었던 거야?"

"할머니가 호랑이한테 물려가도 정신만 차리면 산다고 하셨어요."

"웬만한 어른보다 담이 크구나. 들어가자."

화길이는 경혜의 어깨를 토닥거리며 대웅전 안으로 들어갔다. 안으로 들어간 경혜가 구석에서 타는 모닥불을 보고는 환하게 웃었다.

"와! 불이다."

단숨에 달려가서 불을 쬐는 경혜를 보고 화길이는 '담이 커도 여전히 아이는 아이네' 하며 웃었다. 그러곤 경혜 옆에 앉아 그 애가 가져온 나뭇가지들을 칼로 다듬은 다음, 불에 구우면서 천천히 휘었다. 그런 식으로 몇 개를 구부린 다음 아까 찾아낸 바랑을 칼로 자르고 끈을 만들어서 튼튼하게 묶었다. 설피 만드는 걸 지켜보던 경혜가 말했다.

"천을 꼬아서 만들면 더 튼튼해질 거 같아요. 천을 찢어서 저한테 주세요."

"그럴까?"

화길이가 길게 찢은 천을 건네자 경혜는 능숙한 솜씨로 새끼줄처럼 꼬았다. 화길이는 그렇게 건네받은 천을 불에 구워서 구부린 나무 사이에 끼워 설피를 만들었다. 화길이가 만든 설피를 이리저리 살피던 경혜가 물었다.

"대체 왜 이리 눈이 많이 내리는 걸까요?"

"나도 몰라. 한여름에 눈이라니, 지금도 첫눈 왔을 때가 기억나."

"그때 뭐 하고 있었는데요?"

"시전에 있는 면주전에서 불 끄고 있었어. 너는?"

"엄마 아빠랑 저녁 먹고 있었죠. 더워서 대청에서 밥 먹고 있는데 갑자기 싸늘한 바람이 불더니 눈이 내렸어요. 놀라서 숟가락을 집어 던지고 할머니에게 갔던 기억이 나요."

"무당 할머니 말이지?"

"네."

고개를 끄덕거린 경혜를 보며 화길이가 물었다.

"할머니는 뭐라고 하셨니?"

"몸신이 자기를 떠날 준비를 한다고 하셨어요. 그리고 이런 변괴가 올 줄 알았다면서 정신 바짝 차려야 한다고 하셨어요."

"그랬구나."

"할머니가 시키는 대로 가지고 있던 소를 죽여서 육포를 만들었어요. 그리고 옷감도 잔뜩 사들이고, 솜도 닥치는 대로 구했죠. 하지만 눈이 계속 내리면서 먹을 게 점점 떨어졌고, 결국 사람들이 몰려다니면서 남의 것을 빼앗거나 훔쳤어요. 우리 집도 공격받아서 엄마 아빠 모두 돌아가시고, 저만 겨우 살아서 할머니에게 도망쳤어요."

"저런, 그다음에는 할머니랑 지냈니?"

"네. 사람들을 피해서 산속으로 들어가서 움막을 짓고 살았어요. 할머니가 시름시름 앓으시던 중에 오빠가 오고, 그렇게 돌아가신 거예요."

그때의 일을 떠올린 화길이가 중얼거렸다.

"인연이라는 게 참 신기해. 누군가와 헤어지고 나니까 새로운 일행을 만나네."

"누구랑 헤어졌는데요?"

궁금하다는 듯 묻는 경혜에게 화길이는 애써 웃으며 대답했다.

"누군지 잊어버렸어."

"거짓말, 잠꼬대로 누구 이름을 부르던데요? 부……."

"그만."

화길이는 딱 잘라 말했다. 화길이의 표정을 본 경혜가 잠이나 자야겠다며 쪼그리고 누웠다. 화길이는 널빤지를 하나

더 모닥불에 집어넣었다.

다음 날, 눈이 그치자 화길이는 어제 만든 설피를 덧대어 신고 바깥으로 나갔다. 설피를 둥구니신 아래 깔고 천으로 둘둘 감자 제법 단단했다. 경혜도 설피를 신고는 폴짝폴짝 뛰었다. 그런 경혜의 머리를 가볍게 쓰다듬어 주며 화길이가 말했다.

"이제 가자."

둘은 사찰을 벗어나기 전 하룻밤 머문 대웅전을 향해 합장을 했다. 그리고 월화의 경고를 떠올리며 큰길이 아니라 가파른 산길로 향했다. 다행히 설피를 신어서 쌓여 있는 눈을 밟고 지나가기 유리했다. 경혜가 설피를 내려다보면서 신기해했다.

"정말 걷기 편해요."

"다행이네. 주변 잘 살피면서 걷자. 육포는 얼마나 남았지?"

"열 조각 정도요. 아껴 먹으면 닷새는 버틸 수 있어요. 부스러기까지 더하면 하루 정도 더요."

"이제는 가면서 낚시 같은 걸 좀 해야겠구나."

백두산까지 가려면 시간이 좀 더 걸릴 것 같다고 생각하는 순간, 언덕 너머에서 화살이 날아왔다.

"조심해!"

화길이는 경혜의 머리를 손으로 감싸며 엎드렸다. 바위 사이로 날아든 화살은 엎드린 둘의 머리를 스쳐 지나갔다. 화길이가 화살이 날아온 쪽을 바라보며 말했다.

"야인들일까?"

하지만 화살은 하나만 날아왔다. 누군가 매복하고 있는 것 같지는 않았다. 화길이가 머리를 누르는 바람에 눈에 얼굴을 처박고 있던 경혜가 발버둥을 쳤다.

"미안."

마침내 고개를 든 경혜가 손으로 얼굴에 묻은 눈을 털어내며 물었다.

"괜찮아요. 누가 쏜 화살이에요?"

화길이가 주변을 계속 돌아보며 말했다.

"모르겠어."

어디선가 비명과 고함이 메아리쳤다. 이리저리 살펴보던 경혜가 말했다.

"저쪽이에요."

경혜가 가리킨 곳은 화살이 날아온 언덕 너머였다. 화길이는 경혜를 데리고 야트막한 언덕 쪽으로 조심스럽게 향했다. 언덕을 막 넘어가려는데 갑자기 누군가 앞을 가로막았다.

"으악!"

놀란 경혜가 화길이 뒤로 숨었다. 털모자를 쓴 중년 남자가 눈을 부릅뜨며 천천히 말했다.

"사, 살려줘."

입에서는 피가 뚝뚝 흘러나오고 가슴에는 화살촉이 튀어나와 있었다. 뒤에서 쏜 화살이 가슴을 관통한 것이다. 남자는 두 팔을 허우적거리며 화길이와 경혜를 붙잡으려고 애쓰더니 무릎을 꿇고 앞으로 고꾸라졌다. 경혜가 쓰러진 사람을 살피는 사이 화길이는 언덕 아래쪽을 바라봤다. 끔찍한 살육이 펼쳐지는 중이었다.

피난민으로 보이는 십여 명의 조선 사람들이 피를 뿌린 채 눈 위에 쓰러져 있고, 나머지는 정신없이 도망치고 있었다. 살육을 저지르는 건 말을 탄 몇 명의 야인들이었다. 뜻 모를 괴성을 지르면서 마치 사냥하듯 이리저리 몰아가며 창과 칼 그리고 활로 사람들을 죽이고 있었다.

"살려주세요!"

조선 사람들이 절규했다. 그러나 야인은 크게 웃으며 한 조선 사람의 목에 창을 찔러 넣은 뒤 좌우로 흔들었다. 창에 찔린 조선 사람은 이리저리 움직이다가 쓰러졌고, 결국 목이 댕강 잘려나가 눈밭을 뒹굴었다.

"맙소사."

참혹한 학살극을 지켜보던 화길이는 혹시나 들킬까 하여 얼른 몸을 낮추었다. 그때 숲을 뚫고 말 한 마리가 뛰어나왔다. 말 위에는 전모를 쓰고 쌍칼을 등에 찬 월화가 타고 있었다. 월화는 곧장 화살을 쏴서 가까이 있던 야인을 쓰러뜨렸다. 화살에 몸통이 꿰뚫린 야인은 타고 있던 말에서 힘없이 떨어졌다. 갑작스러운 그녀의 공격에 여진족이 놀랐는지 말머리를 돌렸다. 그사이 월화는 다시 화살을 쏴서 다른 야인의 허벅지를 맞췄다. 그 야인은 들고 있던 도끼를 떨어뜨리고 말 머리를 돌려서 도망쳤다.

남아 있는 야인은 세 명. 고삐를 입에 문 월화가 등에 메고 있던 쌍칼을 뽑았다. 그러자 야인 하나가 창을 들고 마주 달렸다. 월화는 몸을 바짝 낮추더니 야인이 찌른 창을 피하고 칼을 휘둘렀다. 말에 탄 야인의 몸에서 피가 흩날렸다. 야인이 창을 떨어뜨리더니 아랫배를 움켜쥐고 말에서 떨어졌다. 그사이 다른 야인 둘이 양쪽에서 동시에 월화를 향해 다가갔다.

월화는 양손에 칼을 늘어뜨리고 숨을 고르며 야인들을 노려봤다. 말들이 일시에 멈추며 허연 입김을 토해냈다. 얼어붙을 것 같은 대치가 이어지다가 나란히 양쪽에 서 있던 야인들이 동시에 괴성을 지르며 돌진했다. 월화 역시 고삐를 문

채로 말을 몰았다. 그리고 다가오는 야인들 사이로 뚫고 들어갔다. 한 번에 두 명의 적을 상대하는 월화를 지켜보며 화길이가 자기도 모르게 중얼거렸다.

"위험해 보이는데."

화길이의 말을 듣기라도 한 듯 월화가 말 옆에 바짝 붙은 채 몸을 숨겼다. 그러곤 칼을 휘둘러서 오른쪽에 있던 야인의 팔을 베었다. 칼을 떨어뜨린 야인이 눈밭 위로 굴러떨어졌다. 홀로 남은 야인이 말 머리를 돌리며 활을 뽑았다. 월화는 반대쪽으로 말 머리를 돌리고 있었기에 그 모습을 보지 못했다. 화길이가 있는 힘껏 소리쳤다.

"조심해요!"

화길이의 목소리에 월화가 급히 뒤를 돌아보고는 몸을 바짝 낮췄다. 화살은 월화가 쓴 전모에 꽂혔다. 월화는 전모를 내던지고 말 머리를 돌려서 야인을 노려봤다. 활을 내동댕이친 야인은 날이 휜 칼을 뽑아 들더니 짧은 고함을 지르며 월화를 향해 달렸다. 월화 역시 칼을 쥔 채 마주 달렸다. 양쪽이 스쳐 지나가면서 칼이 부딪쳤고, 불꽃이 튀었다. 옆으로 다가온 경혜가 눈을 동그랗게 떴다.

"어제 봤던 그 언니 아니에요?"

"맞아."

"우와! 대단하다. 나도 저렇게 싸우고 싶어."

경혜가 감탄하는 사이 두 번째 충돌이 일어났다. 월화의 카랑카랑한 고함과 함께 야인의 머리가 피를 뿌리며 허공으로 날아가더니 자기가 죽인 조선 사람들의 시신 사이로 떨어져 굴러갔다.

"이겼다!"

경혜가 두 팔을 높이 들고 환호성을 질렀다. 하지만 월화 역시 상처를 입었는지 이내 타고 있던 말에서 떨어졌다.

"저런!"

화길이가 놀라서 저도 모르게 탄성을 지를 때였다. 허벅지에 화살을 맞고 자취를 감췄던 야인이 다시 모습을 드러냈다. 칼을 뽑아 든 야인이 괴성을 지르며 월화가 있는 방향으로 말을 몰았다. 화길이가 언덕을 굴러 내려가면서 소리쳤다.

"위험해요! 위험해!"

야인이 잠시 말을 멈추고 화길이를 바라봤다. 그 틈에 정신을 차린 월화가 몸을 일으켰다. 야인은 화길이를 보더니 무기가 없다는 걸 깨닫고 다시 월화를 향해 말을 몰았다. 월화는 들고 있던 쌍칼 중 하나를 던졌다. 야인은 고개를 옆으로 숙여서 날아온 칼을 피했다. 거리가 좁혀지자 월화는 나머지 칼을 던졌다. 빙글빙글 돌면서 날아간 칼은 야인이 몰고 있던 말의 머리에 꽂혔다. 말이 미친 듯이 비명을 지르며 날뛰더니 그 위에 있던 야인이 바닥으로 내동댕이쳐졌다. 야인은 머리에서 피가 철철 흘러나오는데도 비틀거리며 일어났다. 그러곤 칼을 움켜쥐고 빈손인 월화에게 다가갔다. 월화가 주춤거리며 물러나는데 화길이가 단검을 던지며 소리쳤다.

"받아요!"

월화가 단검을 받으며 자세를 취했다. 야인이 화길이를 보며 욕설을 내뱉고는 월화에게 다가갔다. 그사이 화길이는 야인이 타고 있던 말을 향해 다가갔다. 머리에 칼이 박힌 말은 옆으로 쓰러진 채 네 다리를 버둥거렸다. 화길이가 두 손으로 머리에 박힌 칼을 뽑자 고개를 살짝 들었던 말이 그대로 축 늘어졌다. 화길이는 말의 피와 뇌수가 묻은 칼을 두 손으로 들고 월화와 야인을 향해 나아갔다.

월화와 야인은 칼부림을 벌이는 중이었다. 월화의 움직임이 나쁘지는 않았지만 칼이 상대적으로 짧아서 불리했다. 야인은 씩씩거리며 월화를 밀어붙였다. 덕분에 화길이가 뒤에서 접근하는 걸 눈치채지 못했다. 뒤로 물러나던 월화가 발이 엉키면서 넘어지고 말았다. 야인은 쓰러진 월화에게 거침없이 접근했다. 그리고 단칼에 베기 위해서 칼을 높이 치켜들었다. 화길이는 칼을 꽉 움켜쥔 채 야인에게 달려들었다.

"이야!"

화길이의 고함에 야인이 무심코 뒤를 돌아봤다. 그리고 뒤늦게 칼을 들었다. 하지만 화길이가 빨랐다. 화길이는 눈을 질끈 감고 야인의 가슴팍으로 파고들었다. 칼에 꿰뚫린 야인이 비틀거렸다. 그제야 화길이가 칼을 쥐고 있던 손을 놓았다. 옆으로 쓰러진 야인이 울컥거리며 피를 쏟아냈다. 그 모습에 화길이가 기겁하며 비명을 질렀다.

"으악!"

칼에 몸통이 꿰뚫린 야인이 갑자기 벌떡 일어났다. 그러곤 화길이를 향해 피를 뚝뚝 흘리며 다가갔다.

"오, 오지 마!"

화길이가 손사래를 치면서 물러났지만 야인은 화길이를 향해 계속 걸었다. 그때 야인의 가슴팍으로 칼이 뚫고 나왔다. 월화였다. 월화가 야인의 등 뒤에서 칼로 찔렀던 것이다. 양쪽에서 한 번씩 칼에 꿰뚫린 야인은 더 이상 움직이지 못하고 눈밭에 쓰러졌다. 벌벌 떨고 있는 화길이를 바라보며 월화가 말했다.

"도와줘서 고마워."

"아, 아닙니다."

얘기를 주고받는 사이, 뒤늦게 경사로를 내려온 경혜가 말했다.

"괜찮아?"

화길이가 자신의 몸을 살펴보며 대답했다.

"그런 거 같은데, 주변을 한번 살펴봐야겠어."

월화가 떨어진 전모를 집으면서 투덜거렸다.

"아끼던 거였는데."

화길이는 쓰러진 조선 사람들을 살펴봤다. 하지만 모두 치명상을 입고 숨이 멎은 상태였다. 월화가 부서진 전모를 던져버리고는 화길이와 경혜에게 말했다.

"놈들이 언제 또 올지 모르니까 서둘러. 말이랑 무기들 챙기고."

화길이가 머뭇거리는 사이 경혜가 눈밭에 떨어져 있는 야인들의 무기를 챙겼다. 화길이는 상처 입지 않고 배회하는 말 두 필을 잡았다. 월화는 옆구리를 부여잡은 채 천천히 움직였다. 그걸 본 화길이가 물었다.

"괜찮아요?"

"옆구리를 스쳤어. 말을 타고 가긴 어렵겠어."

"제가 부축해 드릴게요."

월화가 말없이 고개를 끄덕거렸다. 화길이는 고삐 하나를 경혜에게 넘기고는 얼른 월화를 부축했다. 월화가 잠깐 고민하더니 말했다.

"숲을 곧장 지나가."

"네."

"그리고 숲이 끝나는 언덕에서 오른쪽 바위로 가."

화길이는 월화가 시키는 대로 숲을 지나서 오른쪽 언덕에 있는 바위 쪽으로 움직였다. 바위를 지나치자 작은 계곡이 나왔다.

"저기로 들어가."

"가면 뭐가 있어요?"

"잠자코 가기나 해."

월화의 말에 화길이는 입을 다물고 계속 걸었다. 계곡 안으로 들어간 화길이는 살짝 놀랐다.

"따뜻하네."

처음에는 계곡이 바람을 막아서 그런 것으로 생각했다. 하지만 그런 따뜻함과는 결이 달랐다. 화길이가 계곡 안을 살펴보는데 앞쪽에 있는 돌이 벽처럼 가로막고 있었다. 너무 부자연스러워서 그곳을 바라보는데 갑자기 방울 소리가 들렸다. 경혜가 놀란 표정을 지으며 자신의 발에 걸린 새끼줄을 바라봤다. 화길이가 월화를 쳐다보자, 월화가 손가락을 입에 대고 휘파람을 불었다. 그 순간 돌 위에서 손에 활과 창을 든 사람들이 모습을 드러냈다. 살벌한 분위기가 이어지는 와중에 월화가 턱수염 난 중년 남자에게 소리쳤다.

"쏘지 마세요. 절 도와줬어요."

중년 남자가 옆에 있는 사람들에게 손을 내저었다.

"쏘지 마!"

마침내 돌벽 위에 서 있던 사람들이 무기를 내려놨다. 한숨을 돌리는 사이, 머리에 털가죽으로 된 고깔모자를 쓰고 있던 중년 남자가 돌벽에서 내려왔다. 그리고 걱정스러운 표정으로 월화에게 말했다.

"괜찮아?"

"살짝 스쳤어요, 아저씨."

"그러게 혼자 가지 말라고 했잖아."

중년 남자는 쌀쌀맞게 대꾸하면서도 월화를 진심으로 걱정하고 있었다. 월화는 화길이와 경혜를 소개했다.

"얘들은 화길이랑 경혜예요. 조선 사람이고 절 도와줬어요."

그러자 아저씨라고 불린 남자가 퉁명스럽게 대답했다.

"요즘은 조선 사람이 더 위험한 거 몰라? 야인들 앞잡이 노릇하는 것들이 천지라고."

"뭉터우 형제랑 싸울 때 저를 도와줬어요."

"그놈들이 나타났다고?"

"네. 둘 다 해치웠어요."

월화의 얘기를 들은 아저씨가 반색했다.

"둘 다? 골칫거리들이었는데 드디어 없앴군."

"화길이가 도와주지 않았으면 저도 당할 뻔했어요."

"그랬구나."

한숨을 쉰 아저씨가 화길이를 바라봤다.

"도와줘서 고맙다. 요즘 워낙 흉흉해서 말이야."

옆에 서 있는 경혜를 바라보면서 덧붙였다.

"반갑다. 백괄이라고 한다."

"백괄이 아저씨, 만나서 반가워요."

경혜가 빙그레 웃으면서 대답하자 백괄이 아저씨가 월화를 다시 바라보며 말했다.

"일단 상처부터 살펴보자."

고개를 끄덕거린 월화가 화길이의 부축을 받으며 안으로 들어갔다. 말고삐를 다른 사람에게 넘겨준 경혜도 그 뒤를 따랐다. 계곡 안쪽에는 중간중간 천막과 통나무를 올려서 눈을 막은 거처들이 보였다. 거기에는 추위에 지쳐 보이는 피난민들이 모여 있었는데, 그들은 새로 온 둘을 두려워하는 눈으로 올려다봤다. 제일 안쪽으로 들어간 화길이는 계곡 초입에서 느꼈던 따뜻함의 원인을 깨닫게 됐다.

"물이 뜨겁네."

작은 물줄기에서 김이 펄펄 나고 있었다. 화길이는 물줄기에 가까이 가서 손을 대었다. 온기가 느껴졌다. 옆에 있는 바위에 걸터앉은 월화가 상처가 아픈 듯 얼굴을 찡그리며 말했다.

"여긴 사시사철 뜨거운 물이 나와."

"신기하네요."

"온천인 거 같긴 한데, 잘 모르겠어."

백팔이 아저씨가 조심스럽게 옷을 들추자 월화 옆구리에 난 상처가 보였다. 상처가 깊어 보이지는 않았지만 피부가 찢기고 핏자국이 남아 있었다. 백팔이 아저씨가 두건을 벗어 뜨거운 물에 적신 다음 상처에 덮어주었다. 월화가 얼굴을 찡그리며 신음 소리를 냈다. 지켜보던 화길이가 물었다.

"괜찮아요?"

"안 괜찮아. 그래도 죽지는 않았잖아. 고마워."

"도와주셨으니 당연하죠."

"일단 여기서 며칠 쉬어. 나도 구해줬고, 말도 무사히 데리고 왔으니까."

"그럴게요."

화길이는 경혜와 함께 넓적한 바위 위에 돗자리를 깔았다.

백괄이 아저씨가 둘에게 말했다.

"여긴 따뜻해서 이불만 덮어도 잘 잘 수 있을 거야."

"고맙습니다."

"월화가 며칠 쉬라고 했으니까 사흘 정도는 머물러도 괜찮다. 음식은 매일 아침이랑 저녁때 나눠준다. 잠시 후에 저녁으로 죽을 나눠줄 거니까 와서 먹어라. 대신 절대로 함부로 밖에 나가거나 연락을 취하는 등의 의심받을 만한 행동을 하면 안 된다. 알겠지?"

엄하게 얘기한 백괄이 아저씨에게 화길이가 물었다.

"야인들 때문에 그런 건가요?"

백괄이 아저씨가 주변을 돌아보다가 목소리를 낮추고 속삭였다.

"성창 대군이 이끄는 무리가 북상하고 있다는 소문이 있다."

화길이는 어디선가 들어본 듯한 이름에 고개를 갸웃거렸다. 그러다 아버지가 말씀해 주신 게 기억났지만 모른 척하고 물었다.

"성창 대군이요?"

"그래, 세자마마의 이복형인데 역모죄로 귀양을 갔다가 도망쳐 나와서 무리를 모았다고 하는구나."

"그 사람이 왜 북쪽으로 오는 건데요?"

"들리는 소문에는 따뜻한 곳을 찾아서 새로운 나라를 세우려고 한다는 모양이야. 그런데 이동하면서 자신에게 항복하고 물자를 내놓지 않으면 조선 사람이든 야인이든 가만히 놔두지를 않는다는구나. 얼마 전에는 가산 군수와 백성들이 함께 있던 곳을 공격해서 죄다 죽이고 약탈했다는구나."

백괄이 아저씨의 얘기를 들은 화길이는 속으로 깜짝 놀랐다. 성창 대군은 아버지와 함께 백두산에 갔던 사람인데, 이러다가 따뜻한 장소를 빼앗길지도 모르겠다는 생각이 든 것이다. 저도 모르게 얼굴을 찡그린 화길이가 입을 열었다.

"나쁜 사람이네요."

"조정이 사라져 버리니까 그런 거지."

원망스러운 말투로 얘기한 백괄이 아저씨가 조심스럽게 덧붙였다.

"누군지는 모르겠지만 이 안에 야인과 내통하는 자가 있어."

"정말요?"

"한 놈은 발견하고 쫓아냈는데 누가 또 있을지 몰라서 말이다. 그러니 수상쩍은 놈이 있으면 나에게 살짝 알려다오."

"알겠습니다."

화길이의 대답을 들은 백괄이 아저씨가 이따가 보자며 자리를 떴다. 그사이 먼저 자리를 잡은 경혜가 두 다리를 쭉 뻗고 앉았다.

“이렇게 따뜻한 곳이 있다니 신기해요.”

“저 정도 개울로 이만큼 따뜻하다면 백두산은 더 따뜻할 거야.”

희망에 찬 화길이의 말에 경혜가 고개를 갸웃거렸다.

“그런 곳을 찾아도 문제잖아요.”

“왜?”

“여기 사람들도 그렇고 야인들도 따뜻한 곳을 찾으려고 혈안이 되어 있잖아요. 거기다 성창 대군인가 하는 그 사람도 백두산으로 오고 있고요.”

화길이는 잠시 말문이 막혔다. 그때 죽을 먹으러 오라는 백괄이 아저씨의 외침 소리가 들렸다. 그러자 여기저기 흩어져서 미동도 하지 않던 피난민들이 부스스 일어나서 움직였다.

금구폭포 입구

타이샨이 매를 쓰다듬고 있을 때 입구에서 천막 걷히는 소리가 났다. 타이샨은 고개를 들었다. 변발에 털목도리와 조끼를 입은 부하가 머리를 조아리며 말했다.

"대족장님, 뭉터우 형제의 아버지가 왔습니다."

"그놈이 왜?"

"만나서 얘기를 들어보시는 게 좋겠습니다."

잠깐 고민하던 타이샨은 매를 부하에게 건네며 말했다.

"오늘 사냥을 잘했으니까 먹이 좀 충분히 줘."

"알겠습니다."

"들어오라고 해."

그가 매를 가지고 나가는 사이, 타이샨은 옆에 있던 검은색 털모자를 썼다. 잠시 후 입구 천막이 걷히고 뭉터우 형제의 아버지 바르장이 들어섰다. 그를 본 타이샨은 저도 모르게 얼굴을 찡그렸다. 바르장이 치장하고 있는 귀걸이와 목걸이 들이 대부분 약탈품이었기 때문이다. 과시하는 걸 싫어하던 타이샨은 그의 모습이 심히 눈에 거슬렸지만 곧 표정을 풀고 말했다.

"검은 바위산에 사는 형제여, 이곳에는 무슨 일인가?"

"대족장님께 부탁을 드리기 위해서 왔습니다."

매를 건네주고 입구로 들어오던 부하가 그 얘기를 듣고 멈칫했다. 타이샨은 부하에게 옆자리에 앉으라고 눈짓을 한 뒤 무릎을 꿇은 바르장에게 물었다.

"공물을 보낸 적도, 복종을 한 적도 없었는데 다짜고짜 찾아와서 부탁이 있다고 하니, 몹시 궁금하군. 무슨 일인가?"

바르장이 숙였던 고개를 들었다. 귀걸이와 목걸이가 철렁거리는 소리를 냈다.

"어제 제 두 아들이 모두 죽었습니다."

"뭉터우 형제가 말인가? 다들 말도 잘 타고 용맹하다고 들었는데, 대체 누구 손에 죽었단 말인가?"

주저하던 바르장이 입을 열었다.

"아무래도 의주 기생 손에 죽은 거 같습니다."

타이샨은 옆에 앉아 있는 부하를 바라봤다.

"허르광, 기생이라면 술을 따라주는 여인을 말하는 건가?"

허르광이 고개를 숙이며 대답했다.

"그렇습니다, 대족장님. 관청에 속한 공노비로 관리들에게 술을 따르고 노래를 부르는 계집을 말합니다."

"그런 기생의 손에 뭉터우 형제들이 죽다니, 참으로 이해하기 어렵구나."

그 말에 바르장의 얼굴이 붉어졌다.

"그렇긴 합니다만, 의주 기생들은 말을 타고 활을 잘 쏘기로 유명하지요. 현장에 가서 시신을 수습하다가 부서진 모자를 하나 발견했는데, 조선인 포로가 하는 말을 들어보니 기생이 쓰는 것이라고 하였습니다."

그러면서 바르장은 가지고 온 전모 조각을 내밀었다. 타이샨의 눈짓에 허르광이 얼른 다가가 살펴보고는 말했다.

"대나무로 테두리를 만들고 그 위에 한지를 붙인 다음 박쥐를 그린 걸 보면 기생이 쓰던 것이 분명합니다."

허르광의 보고를 들은 타이샨이 바르장에게 물었다.

"참으로 안타까운 일이로구나. 나에게 부탁하고자 하는 것이 복수인가?"

"아닙니다. 다만 허락을 구하기 위함입니다. 생각 같아서는 지금 당장이라도 부하들을 모두 이끌고 가서 요절을 내고 싶지만, 그들이 있는 곳이 대족장님의 영역 안입니다. 그래서 미리 양해를 구하고자 이리 찾아온 것입니다."

바르장의 얘기에 타이샨이 중얼거렸다.

"아들들의 복수를 위해 내 땅에 들어오는 걸 양해해 달라?"

"감히 대족장의 것을 훔치거나 약탈할 생각은 눈곱만큼도 없습니다. 다만 죽은 두 아들의 복수를 하기 위함일 뿐입니다."

"의주 기생만 죽이고 물러나겠다는 뜻인가?"

"그년과 그년 패거리만 죽이겠습니다. 부디 허락해 주십시오."

"내 영역 안에서 벌어지는 일들은 모두 나의 관할이다."

"물론 잘 알고 있습니다. 그래서 이리 찾아와 부탁드리는 것입니다."

바르장의 얘기를 들은 타이샨은 수염이 난 턱을 만지작거리며 생각에 잠겼다. 그러다가 입을 열었다.

"잠시 생각할 시간이 필요하니 물러나 기다리고 있거라."

"그리하겠습니다."

공손하게 대답한 바르장이 밖으로 물러났다. 타이샨이 바르장이 나간 입구를 힐끔 보더니 허르광에게 물었다.

"무슨 꿍꿍이가 있는 걸까?"

"그럴 정도로 영리한 자가 아니라는 것을 잘 아시지 않습니까?"

"하긴."

타이샨이 손으로 턱을 괸 채 중얼거리자 허르광이 덧붙여 말했다.

"거기다 기생에게 목숨을 잃었다는 창피한 사실까지 밝히면서까지 부탁을 했습니다. 다른 꿍꿍이가 있다고 보기에는 너무나 출혈이 큽니다."

"하지만 부탁에 대한 조건이 없어. 나에게 복속한다든지 충성을 맹세하는 말 같은 거 말이야. 가뜩이나 우리 영역 근처에 자리 잡고 있어서 신경이 쓰이는데 말이야. 거기다 뭉터우 형제가 죽은 장소가 우리 영역이라면 그것도 문제지. 내 땅 안에서 무슨 짓을 저질렀다는 거니까."

"설사 그렇다고 해도 당사자들이 죽었으니 추궁하기에는 애매한 문제입니다."

허르광이 딱 잘라 말하자 타이샨이 바로 고개를 끄덕거렸다.

"맞아. 그 문제를 꺼내면 바르쟝 입장에서는 싸우자는 소리로 들리겠지."

"여러모로 마음에 들지는 않았지만 이번에는 은혜를 베푸소서."

"은혜를 베풀라 하면, 포용을 하라고?"

허르광이 고개를 끄덕거리자, 타이샨이 잠시 고민하다가 물었다.

"저놈이 그 은혜를 알까?"

"아는지 모르는지가 중요한 것이 아닙니다. 이번에 은혜를 베풀면 이후에 복속을 요구할 명분이 생깁니다."

"저자는 남에게 쉽게 고개를 숙이지 않아. 거기다 속내를 모르는 자를 선불리 부하로 받아들일 수도 없고 말이야."

"물론입니다. 그러니까 은혜를 베풀어서 명분을 만들어야 합니다. 그 후에 말을 듣지 않거나 반항하면 직접 나서서 토벌하시면 되지 않겠습니까?"

허르광의 말에 타이샨이 고개를 끄덕거렸다.

"역시 나의 꾀주머니로구나."

"과찬의 말씀이십니다, 대족장님."

"하지만 딴짓을 할지도 모르니 사람을 보내 감시하거라."

"이번에 제 발로 찾아온 조선 소년이 제법 빠릿합니다. 그 아이에게 맡겨보는 건 어떻겠습니까?"

"뜻대로 하게."

"그리고 조선의 성창 대군이 이끄는 무리가 계속 북상 중이라고 합니다. 선발대는 벌써 의주에 도달한 모양입니다."

"그자는 왜 추운 북쪽으로 오는 거지?"

"우리 쪽으로 귀순한 부하의 말에 따르면 따뜻한 땅을 찾아서 온다고 했답니다."

"그런 곳이 있다고?"

타이샨이 관심을 보이자 허르광이 고개를 조아렸다.

"네. 그래서 백두산에 가는 것이라던데, 정확한 위치는 알지 못한다고 했습니다."

"그 넓은 백두산 어디에 그런 곳이 있다는 거지?"

"어쨌든 그 얘기가 사실이라면 우리에게도 큰 이득이 될 겁니다."

"그렇긴 하지. 일단 지켜볼까?"

"놈들을 뒤쫓다가 진짜 그런 곳이 있으면 빼앗으십시오. 아니면 깊숙이 끌어들여서 섬멸해야지요."

"놈들의 동태를 잘 살피게. 내가 직접 움직이지."

"그러실 필요까지는……."

"추운 세상이잖아. 따뜻한 곳을 찾게 되면 누구나 그걸 독차지하려고 할 거야. 내 부하라고 해도 말이야."

허르광이 고개를 숙이자 타이샨이 덧붙였다.

"바르장에게 가서 내 말을 전해라. 다시 얼굴을 보고 싶지는 않구나."

"예" 하고 대답한 허르광이 천천히 천막을 나갔다. 홀로 남은 타이샨은 눈을 감고 생각에 잠겼다. 그의 상상 속에서는 이미 조선과 건주, 그리고 명나라의 북쪽 영토가 그의 땅이었다.

계곡 안에 머문 지 사흘째 되던 날, 화길이는 경혜와 함께 떠날 채비를 했다. 한창 짐을 꾸리는데 월화가 다가와 말했다.

"나랑 같이 가자. 경혜는 여기 남고."

무슨 뜻인지 몰라서 화길이는 월화를 뚫어져라 쳐다봤다. 그러자 월화가 덧붙였다.

"며칠 전에 뭉터우 형제를 죽인 거 때문에 그래."

"그게 왜요?"

"뭉터우 형제의 아버지가 바르쟝이라고 악독한 야인들의 우두머리야. 분명 보복할 거라고 백팔이 아저씨 걱정이 이만저만이 아니야."

"그래서 저와 같이 백두산으로 가서 따뜻한 곳을 찾으려는 거예요?"

"응, 여차하면 그곳으로 가려고 그래."

며칠 전 경혜의 말을 떠올리던 화길이가 잠시 주저했다. 그러자 그 모습을 본 월화가 말했다.

"부담스러우면 거절해도 괜찮아. 사실 무리한 부탁이기는 하니까."

화길이는 속으로 고민했다. 아버지와 멸화군 식구들도 데리고 와야 했기 때문이다. 하지만 월화의 도움을 받기도 했고 '아버지라면 이 상황에서 어떻게 했을까?' 하고 생각하자 승낙해야겠다는 결론이 났다. 화길이가 말했다.

"아니에요. 같이 가요."

화길이의 대답에 월화가 홀가분한 표정을 지었다.

"고마워."

화길이와 월화는 계곡 밖으로 나와 말 한 필에 짐을 실었다. 화길이가 고삐를 잡고 섰을 때, 경혜가 자기도 가겠다고 고집을 부렸다. 화길이가 잘 달래며 말했다.

"거기는 너무 위험하니까 내가 먼저 돌아보고 올게. 그때 같이 가자. 따뜻한 여기서 잘 지내고 있어."

그때 백팔이 아저씨가 화길이의 손을 꼭 잡았다.

"부디 잘 다녀오게."

"나중에 뵙겠습니다."

쌍칼을 찬 월화가 조심스럽게 주변을 돌아보며 말했다.

"아무도 없어. 가자."

화길이는 월화를 뒤따라 걷기 시작했다. 다행히 눈이 그친 데다가 짐들을 말에 실을 수 있어서 움직임이 빨랐다. 앞장서 걷던 월화가 화길이에게 말했다.

"저기가 백두산이야."

화길이는 월화의 시선이 향한 곳을 바라봤다. 가시처럼 치솟은 산들 사이에서 유독 눈에 띄는 산이 있었다. 우뚝 솟아 있는 산꼭대기가 하얀색인 곳. 화길이가 그곳을 멍하니 바라보자 월화가 웃으며 말을 걸었다.

"저 산이 사람들을 좀 혹하게 하지."

"얼마나 걸릴까요?"

"하루 이틀이면 도착할 거야."

"생각보다 머네요."

"야인들을 피해서 가야 하니까. 거기다 성창 대군이 이끄는 무리까지 올라오는 중이라서 조심해야 해."

"백괄이 아저씨에게 들었어요."

"응, 역모로 쫓겨났다가 세상이 뒤집히니까 무리를 모은 거지. 그런데 이상하게 북쪽으로 계속 올라오는 중이라 신경이 쓰인다고 백괄이 아저씨가 말했어."

"그런 걸 어떻게 아시는 거예요?"

"조보."

"조보라면 승정원에서 만드는 기별지 말이에요?"

"아는구나. 백팔이 아저씨는 의주 관아의 책객이었어."

"책객이 뭔데요?"

"사또가 가지고 있는 책을 정리하고 분류하는 일을 하는 사람을 책객이라고 해. 그래서 백팔이 아저씨는 그런 소식들을 빨리 접하고 우리에게 알려줬지. 마지막 기별지에 그 내용이 적혀 있었어. 얼마 전에 가산 고을의 피난민들이 모인 곳을 성창 대군의 무리가 공격했다는 소문이 들린다고."

성창 대군이라는 이름을 듣자 화길이는 아버지가 한 얘기가 떠올랐다. 의외의 복병일지 모른다는 생각에 화길이는 화제를 돌렸다.

"백두산에도 야인들이 있다고 하던데요."

화길이의 물음에 월화가 대답했다.

"백두산이 얼마나 넓은데. 거기다 원래 추운 곳이긴 하지만 지금은 더 추워졌어. 그래서 야인들도 백두산 초입에만 자리 잡고 있어. 거기만 피하면 백두산으로 올라가는 건 수월해. 대신에 원하는 장소를 정확하게 알지 못하면 산에서 헤매다가 얼어 죽을 거야. 저기에서는."

월화가 백두산을 쳐다보며 덧붙였다.

"항상 눈보라가 치는 곳이라 오래 버티지는 못할 거야."

월화의 말에 화길이는 다시금 아버지가 했던 얘기를 떠올렸다. 순간 장소를 얘기해 줘야 하나 생각했지만, 아무도 믿지 말라던 아버지의 말과 부광이가 배신했던 일이 생각나자 고민이 됐다. 화길이는 부광이가 자신을 배신한 이유가 뭘지 생각했다. 그러자 마음이 더없이 복잡해졌다. 그런 화길이를 살피던 월화가 작게 한숨을 쉬었다.

"가자."

화길이와 월화는 비탈길을 따라 올라가다 지난밤에 얼어 죽은 동물들을 보았다. 새끼들을 품은 채 얼어 죽은 암컷 늑대도 보았다. 월화와 피난민들이 있던 계곡에서 지내며 오랜만에 따스함을 느꼈던 화길이는 새삼 추위를 느꼈다. 월화는 말없이 앞장서고, 화길이는 고삐를 쥔 채 말을 끌고 뒤를 따랐다.

월화가 안내한 동굴에서 하룻밤을 보내고, 다음 날 화길이는 다시 백두산으로 출발했다. 화길이는 고민하다가 앞장선 월화에게 말했다.

"백두산에 금구폭포가 있나요?"

"금구폭포? 백두산 서쪽 중턱에 있어."

"거기에 따뜻한 곳이 있어?"

화길이는 대답 대신 고개를 끄덕거렸다. 월화는 아무 말 없이 앞장섰다. 그러다가 갑자기 걸음을 멈췄다. 고개를 숙인 채 묵묵히 걷던 화길이가 물었다.

"왜요?"

"눈사태가 날 거 같아. 잠시만 기다려봐."

화길이는 눈 쌓인 백두산의 산등성이를 바라봤다. 온통 하얗기만 할 뿐 무너질 것처럼 보이지는 않았다.

"멀쩡해 보이는데요?"

"저기 위쪽 바위 보이지?"

"네."

"그쪽부터 옆으로 쭉 봐봐. 눈 색깔이 좀 다를 거야. 위쪽은 하얗고, 아래쪽은 좀 어두운 하얀색."

눈을 크게 뜨고 바라보던 화길이가 이내 고개를 끄덕였다.

"그러네요."

"눌린 흔적이야. 경사진 곳에 눈이 계속 쌓이면 무게에 못 이겨서 아래로 쏟아져. 그때 위쪽 눈이 쏟아지면 아래쪽도 쓸려가면서 엄청난 양의 눈이 아래로 떨어지지. 웬만한 집 정도는 파묻어 버릴 정도로 말이야."

이곳으로 오기 전에 아버지에게 눈사태에 대해서 들은 적이 있었기에 화길이는 월화의 얘기를 듣고 더욱 걱정이 되었다.

"조심해야겠네요."

그 말이 끝나기가 무섭게 눈들이 우르릉거리는 소리를 내면서 아래로 쏟아졌다. 마치 급류처럼 쏟아진 눈은 삽시간에 아래쪽 계곡을 메워버렸다. 토끼를 비롯한 들짐승들이 이리저리 뛰어다녔으나 날개 달린 새들을 제외하고는 눈사태를 피하지 못했다. 놀란 말이 앞발을 치켜들고 몸부림을 치는 바람에 화길이는 고삐를 단단히 잡아야만 했다. 그 와중에 눈사태가 계곡을 집어삼키는 것을 보며 마른침을 삼켰다.

"엄청나네요."

"이 정도는 작은 편이야. 집이나 사람, 심지어 바위도 집어삼켜 버려."

"눈사태는 저절로 나는 건가요?"

"눈이 쌓이다가 무게에 못 이기면 생기는데, 사람이 일부러 낼 수도 있어."

"어떻게요?"

"큰 충격을 줘서 눈이 조금이라도 쓸려 내려오게 하면 눈사태가 일어나."

그러곤 월화가 덧붙여 말했다.

"좀 돌아가야겠어."

"네."

둘은 눈사태로 메워진 계곡 옆에 있는 산자락으로 돌아갔다. 추위를 뚫고 계속 걷다 보니 머리가 텅 비어버리는 것 같은 느낌이 들었다. 그때마다 월화가 말을 걸어주었고 덕분에 화길이는 간신히 정신을 차릴 수 있었다. 산자락을 돌아 작은 언덕을 넘어가자 평평한 땅이 나왔다. 한숨을 돌리려는데, 언덕을 내려가며 자꾸 뒤돌아보던 월화가 중얼거렸다.

"야인들이야."

월화의 시선을 따라가 보니 언덕에 세 명의 야인이 보였다. 마치 돌이나 나무처럼 가만히 서 있던 그들이 약속이나 한 듯 발걸음을 옮겼다. 월화가 빨리 걷기 시작했다. 그러자 화길이도 말의 고삐를 세게 움켜쥐고 뒤를 따랐다. 하늘을 올려다본 화길이가 중얼거렸다.

"눈이 올 거 같아요."

"잘됐네. 발자국을 지워줄 거야."

월화가 걸음을 서두르자 화길이도 발걸음을 재촉했다. 하늘에서 점점 더 많은 눈이 쏟아지더니 울부짖는 소리가 났다. 그 소리에 놀란 화길이가 산을 올려다보자 월화가 말했다.

"눈 폭풍이야."

"그게 뭔데요?"

"눈이 그냥 내리지 않고 거센 폭풍과 함께 내리는 거야. 여긴 이렇게 종종 눈 폭풍이 내려."

"그럼 어디로 피해야 하는 거 아니에요?"

"놈들이 쫓아오잖아. 일단 갈 수 있는 곳까지 가보자."

다른 방법이 없었다. 그래서 화길이는 월화가 시키는 대로 계속 걸었다. 눈보라가 점점 거세지자 말이 두려움을 느꼈는지 고개를 흔들면서 울었다.

삽시간에 눈 폭풍이 온 세상을 뒤덮었다. 방향조차 알 수 없을 정도로 사방이 보이지 않을뿐더러 거센 바람에 서 있을 수조차 없었다. 끌려오던 말까지 옆으로 쓰러져 화길이는 말 상태를 보기 위해 무릎을 꿇었다. 그 순간 눈보라를 뚫고 화살이 날아와 말의 목덜미를 꿰뚫었다. 화길이가 월화에게 소리쳤다.

"엎드려요!"

월화가 엎드린 것을 확인한 화길이는 화살이 날아온 쪽을 쳐다봤다. 눈보라 사이로 야인들의 모습이 보였다.

"생각보다 가까이 왔어요."

"젠장. 내가 싸울 테니까 도망쳐!"

"여기서 싸우다가는 얼어 죽을 거예요."

"그럼 어떡해!"

잠깐 고민하더니 화길이가 칼을 뽑았다. 깜짝 놀란 월화가 화길이를 쳐다봤다. 화길이는 방금 죽은 말의 배를 갈랐다. 그러곤 뜨거운 김이 쏟아져 나오는 말의 배를 가리키며 말했다.

"안으로 들어가요. 놈들은 제가 유인할게요."

"네가 야인들을 어떻게 유인해!"

"이럴 시간 없어요."

"네가 들어가. 놈들은 내가 유인할게."

"걱정 말고 날 믿어봐요."

화길이의 눈빛에 월화가 고개를 끄덕거렸다.

"꼭 돌아와."

월화가 말의 배 속으로 들어가는 걸 지켜보던 화길이는 벌떡 일어나 소리쳤다.

"야! 이 나쁜 놈들아! 여기로 와라!"

그러고는 몸을 돌려 눈 폭풍 사이로 걸어갔다. 뒤쪽에서 야인들의 외침이 들려왔다. 화길이는 점점 더 거센 눈보라 속으로 걸어가면서 천천히 야인들을 유인했다. 야인들의 외침과 눈 폭풍 소리가 뒤섞여 들려왔다. 화길이가 마침내 거센 눈 폭풍의 중심으로 걸어 들어갔다. 눈 쌓인 언덕을 힘겹게 올라갈 때였다. 바위 같은 게 움직여 화길이가 기겁했다.

"바위가 아니라 눈이었네."

눈덩이는 아래로 굴러가면서 점점 커졌다. 바닥에 쌓인 눈들이 함께 휩쓸려 간 것이다. 엄청나게 커진 눈덩이는 눈보라를 뚫고 따라오던 세 명의 야인들을 쓸어버렸다. 그렇게 야인들은 괴성과 비명을 남기며 눈 더미와 함께 사라져 버렸다. 화길이도 눈에 휩쓸리며 살짝 파묻히고 말았다. 화길이는 그대로 몸을 웅크린 채 눈보라가 그치기만을 기다렸다.

다음 날 아침, 눈 폭풍이 그치자 화길이는 눈을 털고 일어나 주변을 살폈다. 그리고 천천히 말이 있는 곳으로 돌아갔다. 몸을 움직일 때마다 온몸에 달라붙은 눈과 얼음이 후두둑 떨어졌다. 인기척을 느꼈는지 말의 배 속에 있던 월화가 밖으로 나왔다. 그리고 놀란 표정으로 화길이를 올려다봤다.

"너, 괜찮아?"

"네. 눈보라가 그쳤어요."

"야인들은?"

"절 쫓아오다가 얼어 죽었어요."

"너는?"

월화는 조심스럽게 화길이의 손을 잡았다.

"따뜻하네. 이 정도 날씨면 동상에 걸렸어야 하잖아."

"추위에 잘 견디는 편이라서요."

화길이의 말에 월화가 복잡한 표정을 지어 보이더니 고개를 끄덕이며 말했다.

"일단 가자."

둘은 가파른 산등성이를 올랐다. 헐떡거리며 언덕을 오르던 화길이는 깜짝 놀랐다. 엄청나게 넓은 계곡이 보였기 때문이다. 계곡 입구 양쪽에는 눈이 잔뜩 쌓여 있어서 마치 파도가 치는 것처럼 보였다. 월화가 걸음을 멈추고 말했다.

"폭포는 저 안에 있어."

그러고는 계곡 안으로 들어갔다. 내부는 눈 폭풍 때문인지 눈이 잔뜩 쌓여 있었다. 조금 더 걸어가자 그곳에는 바람에 넘어진 나무와 얼어 죽은 동물이 가득했다. 앞장선 월화가 중얼거렸다.

"이런 곳에 따뜻한 곳이 있다고?"

화길이는 아버지에게 들었던 얘기를 떠올리며 대답했다.

"금구폭포까지 일단 가요."

"그러자."

월화는 얼어붙어서 기둥처럼 서 있는 나무 사이를 지나 계곡 안쪽으로 깊숙이 들어갔다. 계곡 안쪽은 제법 넓긴 했지만 양쪽 산등성이가 가팔라서 월화가 얘기한 것처럼 눈사태가 일어나기 쉬워 보였다. 아버지가 성창 대군과 함께 이곳에 왔을 때도 눈사태가 나서 그걸 피하다가 따뜻한 장소를 찾았다고 했던 말이 기억났다. 안쪽으로 더 들어갈수록 골짜기는 좁아졌고, 그렇게 한참 걷자 갑자기 넓은 공간과 함께 얼어붙은 연못이 나왔다. 유리처럼 반짝거리는 연못 너머에는 폭포가 보였다. 폭포는 얼어붙어서 물결이 마치 송곳처럼 뾰족했다. 월화가 폭포를 보며 말했다.

"꼭 거북이가 엎드린 모양 같네. 그래서 금구폭포라고 부르나 봐."

폭포를 올려다본 화길이가 중얼거렸다.

"아버지가 얘기한 그대로네."

둘은 연못 한복판으로 걸어갔다. 그때 찬 바람이 불더니 바닥에 있던 눈을 날려버렸다. 투명한 얼음 아래로 물고기들이 느릿하게 움직이는 게 보였다. 고개를 오른쪽으로 돌리자 아버지가 얘기한 촛대 모양의 바위가 있었다. 화길이는 천천히 그쪽으로 걸어갔다. 월화도 그 뒤를 따랐다.

촛대바위 뒤쪽은 돌이 잔뜩 떨어져 있는 절벽이었다. 그래서 화길이는 촛대바위 옆으로 돌아갔다. 좁은 틈이 보였다. 화길이는 아버지가 얘기한 곳을 찾고는 안도의 한숨을 쉬었다. 그리고 어리둥절해하는 월화와 함께 통로 안으로 들어갔다. 뒤따르던 월화가 중얼거렸다.

"얼어붙긴 했지만 연못이 있으니 물은 충분히 구할 수 있겠어. 물고기도 꽤 있는 거 같고."

월화의 말을 뒤로한 채 화길이는 촛대바위 뒤쪽으로 갔다. 그곳에는 한 사람이 겨우 드나들 수 있는 동굴이 보였다. 뒤따르던 월화가 동굴 안팎을 살펴보면서 중얼거렸다.

"눈도, 얼음도 안 보여."

그제야 화길이는 동굴 안에 얼음과 눈이 보이지 않는다는 걸 깨달았다. 그리고 이곳에 온기가 있다는 것을 느꼈다.

"머물던 계곡과는 비교가 안 될 정도로 따뜻하네요."

화길이의 말에 월화가 고개를 끄덕거렸다. 둘은 계속 동굴 안으로 들어갔고, 얼마 후 넓은 공간과 마주했다.

"뭐지?"

동굴 안이라고 하기에는 빛이 가득했다. 고개를 든 월화가 환하게 웃었다.

"저길 봐. 위가 뚫려 있어."

월화의 말대로 동굴 안쪽은 위가 뚫려 있어서 햇빛이 그대로 들어왔다. 그리고 햇빛이 비치는 공간에는 따뜻한 물이 샘솟고 있었다. 한걸음에 달려간 월화가 무릎을 꿇고 물에 손을 담그더니 환한 표정으로 화길이를 바라봤다.

"우리 계곡에 있는 물보다 훨씬 따뜻해. 햇빛이 비치고 있어서 여기가 훨씬 살기에 좋겠어."

위가 뻥 뚫려 있긴 해도 사방이 벽으로 둘러싸여 있어서 차가운 바람이 불지 않았다. 아버지의 말이 사실이라는 것을 확인하자 화길이는 눈물을 살짝 흘렸다. 월화가 손으로 물을 떠서 한 모금 마시고는 화길이에게 달려왔다.

"정말 고마워. 여기라면 다들 잘 지낼 수 있을 거야."

"다행이네요."

월화와 함께 안쪽을 한 바퀴 돌아보던 화길이는 샘물 주변에 파란 새싹이 자라는 것을 발견했다. 조심스럽게 손을 뻗어서 파란 새싹을 떼어낸 다음 품속에 집어넣었다. 그리고 다시 한번 안도의 한숨을 쉬었다. 양화진으로 피난을 간 멸화군 일행과 월화의 피난민들이 모두 들어가고도 남을 크기였기 때문이다. 감격스러워하던 월화가 화길이에게 말했다.

"어서 가자. 빨리 이 소식을 전하고 싶어."

"네."

둘은 빠르게 월화가 머물던 계곡으로 돌아왔다. 하지만 계곡에 도착했을 때 둘이 목격한 것은 파괴된 은신처였다. 입구에는 시신들이 널브러져 있었고 맨 앞에 백팔이 아저씨가 쓰러져 있었다. 둘은 동시에 소리치며 달려갔다.

"아저씨!"

쓰러져 있던 백팔이 아저씨는 눈 위에 오래 누워 있었는지 한쪽 얼굴이 동상에 걸려 썩어가고 있었다. 신음 소리를 내던 백팔이 아저씨가 눈을 뜨더니 월화에게 말했다.

"뭉터우 형제의 아비가 쳐들어왔었다."

"언제요?"

"어제. 배신자가 보초를 서면서 끌어들였어."

백팔이 아저씨는 허망하다는 표정을 지어 보였다. 그러곤 마지막 숨을 내쉬고 고개를 떨궜다. 그사이에 화길이는 미친 듯이 계곡 안으로 뛰어들어 갔다.

"경혜야! 경혜야!"

계곡 안에도 시신이 있었지만 그 어디에도 경혜는 보이지 않았다. 화길이가 계곡 밖으로 나왔을 때 월화는 우두커니 서서 어딘가를 바라보고 있었다. 그 시선의 끝에 서 있는 건 다름 아닌 부광이었다. 야인같이 차려입은 부광이를 보고 화길이가 소리를 질렀다.

"이 배신자!"

"잘 지냈어?"

화길이가 씩씩거리며 부광이에게 다가갔다. 부광이는 화

길이가 다가오자 가죽으로 된 외투 안에 손을 넣어서 죽장도를 꺼냈다. 그리고 다가오는 화길이의 발아래에 죽장도를 던졌다.

"뭐야?"

"돌려주는 거야. 그때는 이걸 놔두고 가면 쫓아와서 날 찌를 거 같았거든."

"꼬락서니를 보아하니 야인에게 붙어먹은 모양이구나."

"맞아. 조선 양반들처럼 거들먹거리지도 않고 탐욕스럽지도 않지. 공정하면서도 막강해서 조선 사람들도 많이 따라."

"그래서 머리도 변발을 했구나."

"모든 게 바뀌는데 머리 모양에 집착할 필요는 없잖아."

"그래, 야인의 개가 무슨 일이야? 동족이 죽은 걸 보고 기뻐하러 온 거야?"

"나는 그들이 시키는 대로 쫓아와서 지켜봤을 뿐이야."

"이 사람들을 죽인 자들을 말하는 거야?"

"아니, 사람들을 죽인 건 검은 바위산에 사는 바르쟝이라는 자야. 그리고 그자가 어린아이랑 피난민 들을 데리고 갔어. 그중 한 명이 네 이름을 부르던데."

"경혜가 살아 있다고?"

"이름은 모르지. 하도 울어대서 부하가 죽이려고 하니까 바르장이 말렸어."

"왜?"

"자기 아들을 죽인 기생이 안 보인다고 하면서 말이야."

그러면서 부광이는 월화를 바라봤다. 백팔이 아저씨의 시신을 내려다보던 월화가 부광이를 쳐다봤다.

"나를 잡으려고?"

"검은 바위산에서 기다린다고 했어요."

월화가 한이 서린 목소리로 말했다.

"가서 모조리 죽여버리고 말 거야."

부광이가 어깨를 으쓱거렸다.

"십여 명 정도입니다. 정면 대결은 어림도 없겠지만 기습이라면 승산이 있을 겁니다."

"왜 알려주는 거지?"

화길이의 물음에 부광이가 대답했다.

"내가 모시는 타이샨 대족장님이 그자들을 싫어하니까."

"서로 싸우게 해서 자멸하게 만들려는 거야?"

"이유가 있으면 싸워야지. 지금 세상에서는 그게 가장 확실한 해결책이야."

부광이의 대답을 들은 화길이는 여진족에게 복수할 방법을 생각했다. 아울러 따뜻한 장소를 알고 있는 성창 대군까지 처리할 방법까지 떠올리고는 천천히 말했다.

"찾았어."

부광이가 놀란 표정으로 물었다.

"설마?"

"아버지가 얘기한 따뜻한 땅 말이야. 백두산에서 찾았어."

"거짓말이지?"

화길이는 그곳에서 가져온 파란 새싹을 품속에서 꺼내 보여줬다. 오는 동안 말라붙긴 했어도 여전히 푸른빛을 잃지 않고 있었다. 부광이에게 새싹을 건네주며 화길이가 대답했다.

"믿기 싫으면 믿지 마. 하지만 성창 대군이 이끄는 무리가 올라오고 있다는 걸 명심해."

부광이가 파란 새싹을 바라보며 물었다.

"성창 대군?"

"응, 아버지랑 같이 따뜻한 곳을 발견한 사람이야. 그자가 이끄는 무리가 먼저 차지하면 네가 모시는 야인 족장은 손가락만 빠는 신세가 될 거야."

"어림없어!"

"바르장과 그 패거리의 목을 베어 가지고 백두산으로 와. 물론 아이들이랑 같이 데리고 와야 해."

"백두산 어디?"

"금구폭포 입구로 오면 알려줄게."

"그쪽에 있는 거야?"

화길이는 고개를 끄덕이는 것으로 대답을 대신했다. 그러곤 눈 위에 떨어진 죽장도를 집더니 손으로 눈을 털면서 말했다.

"늦으면 성창 대군이 이끄는 무리가 자리를 잡고 있을 거야. 야인들이 아무리 말을 잘 탄다고 해도 조선군이 먼저 자리 잡고 버티고 있으면 좀 버거울걸?"

"이러지 마. 위치를 정확히 알려주면 대족장님에게 얘기해서 복수도 해주고 편안하게 살게 해줄게."

화길이는 설득하려는 부광이에게 딱 잘라 말했다.

"싸우는 게 가장 확실한 해결책이라며?"

화길이는 입을 다물고 아무 말도 하지 않는 부광이를 노려보더니 죽장도를 챙겨서 월화에게 다가갔다. 그런 화길이를 바라보던 부광이가 몸을 돌려 언덕 너머로 사라졌다. 조용히 서서 지켜보던 월화가 낮은 목소리로 물었다.

"어떻게 하려고?"

"따뜻한 땅을 차지하려는 놈들을 모두 모이게 하려고요. 저만 믿으세요."

월화는 반박하려다가 하늘에서 우르릉거리는 소리가 들

리자 한숨을 쉬었다.

“하늘이 또 미쳐 날뛸 모양이네.”

“눈이 올 징조인가요?”

“하루 이틀 안에. 보통 천둥소리가 들리고 나면 엄청난 폭설이 내렸어. 폭풍과 눈보라 말이야.”

“그럼 빨리 가야겠네요.”

“어디로?”

“우리가 찾은 곳으로요. 거기에 다 모일 거예요.”

“모두 모이게 해서 서로 싸우게 만든다고?”

“네.”

“무슨 수로?”

“저를 믿으세요.”

월화가 화길이의 눈을 바라보면서 말했다.

“너, 어른이 된 거 같아.”

“어른이요?”

“응, 처음에는 왠지 겁도 많고 소극적으로 보였거든? 그런데 지금은 아니네.”

“경혜를 구해야 하잖아요. 따뜻한 땅도 지켜야 하고.”

화길이의 대답을 들은 월화가 가볍게 웃었다.

“누굴 구하고 뭔가를 지키는 건 쉬운 일이 아니야. 특히 지금 같은 세상에서는 말이야. 어리고 순수한 줄 알았더니 듬직하네."

월화의 얘기를 들은 화길이가 얼굴을 붉혔다. 아버지를 돕다가 사고를 친 이후에 절로 겁이 나서 소극적으로 지냈던 화길이였다. 그러다가 백두산까지 오면서 많은 일을 겪고, 남들과 다른 능력이 있다는 것을 깨닫고 나서부터는 성격과 생각이 바뀌었다. 어쩌면 이런 변화가 아버지가 자신에게 백두산으로 가라고 했던 이유 중 하나일지 모른다고 화길이는 생각했다. 생각에 잠겨 있는 화길이를 향해 월화가 말했다.

"서두르자. 적어도 야인들보다는 빨리 가야지."

폭풍과 눈보라

눈 위에 가부좌를 틀고 앉아 심호흡을 한 성창 대군이 눈을 감으며 말했다.

"부어라."

그러자 얼음을 깨고 퍼온 물이 성창 대군의 머리 위에 부어졌다. 물은 상투부터 저고리를 입은 상체, 바지를 입은 다리까지 연이어 적시더니 눈 쌓인 바닥에 흘러내렸다. 추운 날씨 탓에 바닥은 금방 얼어붙고 말았다. 보통 사람이라면 비명을 지르며 춥다고 하거나 그대로 기절할 법한 상황이었지만 특별한 능력이 있는 성창 대군은 끄떡도 하지 않았다. 반면 맞은편에서 밧줄로 꽁꽁 묶인 채 무릎을 꿇고 있던 부하는 물세례를 당하자 미친 듯이 몸부림을 치면서 비명을 질렀다. 그리고 결박당한 채로 사방에서 밧줄이 당겨져 꼼짝도 하지 못하고 얼어붙었다. 주변에서 감탄사가 흘러나오자 성창 대군이 외쳤다.

"한 번 더!"

맞은편의 부하가 덜덜 떨면서 살려달라고 외쳤다. 하지만 성창 대군은 눈 한 번 깜빡하지 않았다.

"배신자는 죽음뿐이라고 내가 직접 말하지 않았느냐? 그리고 공정하게 대결을 하는 것이다. 아니 그러냐?"

다른 이들이 껄껄거리며 비웃었다. 그때 두 번째 물이 부어졌다. 성창 대군은 이번에도 잘 버텼지만 부하는 비명조차 내지 못할 정도로 고통스러워했다. 상대방이 얼어 죽어가는 모습을 차가운 눈으로 바라보던 성창 대군을 향해 마량이 달려왔다.

"대군 나리."

"무슨 일이냐?"

성창 대군의 물음에 마량이 주변을 살피더니 귓속말을 했다.

"타이샨이 이끄는 여진족이 백두산으로 향하고 있습니다."

"백두산으로?"

성창 대군이 놀란 얼굴로 바라보자 마량이 다시 속삭였다.

"그쪽에 심은 간자의 말로는 백두산에 있는 따뜻한 땅으로 간다고 하면서 이동했답니다."

성창 대군은 두려움을 느꼈으나 속마음을 들킬까 봐 아무 말도 하지 않았다. 지금까지 부하들을 이끌 수 있었던 건 추위를 타지 않는 자신의 능력과 따뜻한 땅으로 데리고 가겠다는 약속 때문이었다. 그런데 그 약속이 깨질 위기에 처한 것이다. 벌떡 일어난 성창 대군이 마량에게 말했다.

"우리도 백두산으로 이동한다. 서둘러."

"무슨 일인지 알아보시고 움직이는 게 어떻겠습니까?"

"늦으면 따뜻한 땅을 빼앗긴다."

성창 대군의 말에 마량이 고개를 조아렸다.

"즉시 시행하겠습니다."

성창 대군은 부하들에게 달려가는 마량을 바라보다가 맞은편으로 시선을 돌렸다. 그리고 고개를 숙인 채 신음 소리만 내는 배신자를 쳐다보더니 몸을 일으키며 말했다.

"물속에 넣어버려."

얼어버린 저고리를 벗고 새 저고리를 받아서 입던 성창 대군은 하늘에서 들려오는 천둥소리에 혀를 찼다.

"곧 눈이 내리겠네."

월화의 얘기대로 날씨가 심상치 않았다. 백두산에 도착할 즈음이었다. 화길이와 월화가 서둘러 발걸음을 옮긴 지 하루 만에 폭설이 내리기 시작했다. 한여름에 갑자기 날이 추워지고 눈이 내린 이후로 가장 많은 눈과 엄청난 바람이 불었다. 겨우 금구폭포에 도착했을 때 둘은 기진맥진한 채 주저앉았다. 때마침 눈이 잠깐 그쳤다. 하지만 하늘에서 우르릉거리는 소리가 계속 들려왔다. 월화가 춥고 지친 목소리로 말했다.

"또 눈이 올 모양이야."

서로 등을 의지한 채 앉아 있던 둘은 숨을 몰아쉬면서 추위를 견뎠다. 안쪽을 살펴보던 월화가 말했다.

"아직 아무도 안 온 모양이네."

"이제 곧 오겠죠?"

월화가 고개를 끄덕거리다가 방금 올라온 산기슭을 내려다봤다. 눈보라 때문에 보이지는 않았지만 수많은 사람의 발걸음 소리가 들렸다. 그 소리를 듣고 월화가 투덜거렸다.

"호랑이도 제 말 하면 온다더니."

눈보라가 극심해지면서 두 사람은 앉아 있기조차 힘들어했다. 서로를 의지해서 간신히 일어나자 산기슭 아래에서 한 무리의 야인들이 보였다. 선두에는 두툼한 털가죽을 입은 부광이가 보였다. 부광이 옆에는 경혜를 비롯해 바르장에게 끌려갔던 피난민들이 있었다. 화길이가 크게 소리쳤다.

"경혜야!"

경혜가 화길이를 알아보고는 손을 흔들었다. 그걸 본 화길이가 부광이에게 외쳤다.

"멈춰! 일단 피난민들을 먼저 보내!"

"잔머리 굴리지 마."

"날 죽이면 따뜻한 땅은 구경도 못 할 줄 알아."

짧은 대화가 오간 후에 부광이가 말을 탄 야인에게 다가갔다. 검은색 털모자를 쓴 야인이 얘기를 듣고는 고개를 가볍게 끄덕거렸다. 그러자 부광이가 피난민들에게 올라가라는 손짓을 했다.

"바르장 머리도 가져왔는데, 보여줄까?"

"아니, 믿을게."

화길이가 퉁명스럽게 대꾸하고는 경혜에게 천천히 올라오라는 눈짓을 했다. 그러자 경혜가 다리가 아프다고 외치면서 속도를 늦췄다. 그사이 천둥소리가 다시 들려왔다. 하늘을 올려다본 부광이가 화길이에게 소리쳤다.

"곧 폭설이 내릴 거야! 얼른 안내해."

"기다리라고."

화길이의 말에 검은색 털모자를 쓴 야인이 활을 겨눴다.

그걸 본 화길이는 두 팔을 벌리고 쏠 테면 쏴보라는 시늉을 했다. 검은색 털모자를 쓴 야인이 살짝 아래쪽으로 화살을 쐈다. 날 선 바람 소리와 함께 소리화살이 화길이와 경혜 사이에 박혔다. 하지만 화길이는 태연하게 서 있었다. 검은색 털모자를 쓴 야인은 짜증을 내며 활을 내동댕이쳤다. 그때 또 다른 발걸음 소리가 들렸다. 그 소리를 들은 화길이가 반색했다.

"왔다!"

눈보라를 뚫고 모습을 드러낸 무리는 성창 대군과 그 부하들이었다. 갑작스럽게 나타난 그들을 본 야인들이 뿔나팔을 불면서 대오를 바꿨다. 화길이는 때마침 도착한 경혜와 피난민들에게 외쳤다.

"월화를 따라가!"

"오빠는요?"

경혜의 물음에 화길이는 서둘러 대답했다.

"얼른 따라가."

월화가 하늘을 올려다보며 말했다.

"눈이 더 많이 올 거야."

"그걸 기다리고 있었어요."

화길이의 대답을 들은 월화는 여진족과 성창 대군 무리가 대치하는 계곡을 내려다봤다.

"설마?"

"이 방법밖에는 없잖아요. 걱정 말고 얼른 들어가요."

화길이가 재촉했다. 월화는 경혜와 다른 피난민들과 함께 금구폭포 안쪽으로 들어갔다. 뒤돌아보는 경혜에게 화길이는 어서 가라는 손짓을 하고는 점점 거세지는 눈보라를 버티며 계곡을 내려다봤다. 서로 거리를 두고 대치한 두 무리를 바라보며 화길이는 폭포의 절벽 위쪽으로 뛰기 시작했다.

야인들은 소리를 지르며 성창 대군 무리를 향해 화살을 쐈다. 하지만 화살은 거센 눈보라 때문에 엉뚱한 곳으로 날아갔다. 성창 대군 무리 역시 화약과 함께 총통 몇 발을 발사했지만 총통에서 날아간 화살은 멀리 나가지 못했다. 결국 양쪽은 대오를 갖춘 채 정면으로 충돌했다. 숫자는 성창 대군 쪽이 조금 더 많아 보였지만 대신 야인들은 말을 탄 자들이 많았다. 그래서인지 성창 대군의 무리는 방패와 창을 앞세워서 고슴도치처럼 진을 치고 공격에 나섰다.

하지만 거센 눈보라가 양쪽 모두의 움직임을 방해했다. 말을 타고 눈이 쌓인 언덕을 달리던 야인들은 거센 바람에 못 이겨 나뒹굴고 말았다. 성창 대군의 부하들도 곤란하기는 마찬가지였다. 바람에 방패가 날아가 버린 것이다. 그 와중에 성창 대군 쪽에서 발사한 몇 발의 총통에 야인들과 말이 맞아 쓰러졌다. 성창 대군의 부하들 역시 방패가 날아가면서 말발굽에 짓밟혔다. 양쪽에서 지르는 고함과 비명 소리, 말의 울음소리와 발을 구르면서 내는 진동, 총통이 발사되는 소리가 돌풍처럼 뒤엉켰다.

계곡 입구에 올라선 화길이는 눈 위에서 펼쳐지는 전투를 내려다봤다. 승패는 어느 쪽으로 기울어지지 않은 채 치열하게 이어졌다. 상대방과 눈보라라는 두 개의 적과 맞서 싸워야 했기 때문이다. 시신들이 눈보라에 휩싸인 채 떠밀려서 굴러갔다. 원래 눈이 많이 쌓여 있던 계곡 입구에는 눈보라가 치면서 더 많은 눈이 쌓였다. 그곳에 선 화길이가 우렁찬 목소리로 외쳤다.

"바보들아! 따뜻한 땅 같은 건 없어! 얼어붙은 세상뿐이라고!"

화길이는 같은 말을 반복하며 외쳤다. 그러자 차츰 싸움이 잦아들더니 양쪽 무리가 화길이를 바라봤다. 화길이가 입가에 손을 모으고 다시 소리쳤다.

"다 거짓말이야! 따뜻한 곳은 없어!"

양쪽 무리가 술렁거렸다. 잠시 뒤 성창 대군 쪽 진영에서 화길이를 향해 총통을 발사했다. 하지만 거리가 멀고 바람이 심하게 불면서 총통에서 발사된 화살은 계곡 입구 근처의 눈더미에 박혔다. 화살도 몇 개 날아왔지만 바람을 이기지 못했다. 전투로 인해 발생한 소음과 진동으로 인해 계곡 입구에 있던 눈 더미가 흔들렸다. 지난번 눈사태를 보고 떠올린 계획이었다. 자신의 예상대로 진행되는 듯하자 화길이는 두 손을 번쩍 들고 기뻐했다.

"그래, 다 쓸어버려라!"

그 순간 지난번 눈사태와는 비교도 안 될 정도의 엄청난 눈사태가 계곡으로 쏟아지면서 서로 대치하던 두 세력을 휩쓸어 버렸다. 뒤늦게 상황을 알아챈 몇 명이 도망치려고 했지만 말이나 사람 모두 눈사태보다는 빠르지 못했다. 계곡 입구 바로 코앞까지 무너지는 바람에 화길이는 뒷걸음질을 쳤다. 그때 언뜻 부광이를 본 것 같았다. 열심히 도망치다가 눈사태에 쓸려가는 모습이 마치 두 팔을 허우적대며 헤엄을 치는 듯했다. 그렇게 부광이는 눈 속으로 사라져 버렸다.

계곡 안 따뜻한 곳으로 들어온 경혜는 입구에서 칼을 들고 지키고 있던 월화에게 말했다.

"오빠는 괜찮을까요? 지금 눈사태 나는 소리가 들렸어요."

"화길이는 괜찮을 거야."

경혜를 다독거리며 월화가 덧붙였다.

"특별한 능력이 있으니까."

그게 무슨 소리인지 몰라서 경혜는 눈만 껌뻑거리다가 동굴 입구에서 들려오는 발걸음 소리에 고개를 들었다.

"누가 들어와요."

월화는 쌍칼을 들고 앞을 막아섰다. 동굴 입구로 들어온 것은 온몸에 눈을 뒤집어쓴 화길이였다. 월화가 안도의 한숨을 쉬면서 옆으로 물러나자 경혜가 달려왔다.

"오빠! 괜찮아요?"

"그럼, 멀쩡해."

화길이가 신나서 까르르 웃는 경혜의 머리를 쓰다듬었다. 그러곤 월화를 바라보며 말했다.

"눈사태로 모두 파묻혀 버렸어요."

"전부 다?"

"네. 눈이 계속 내리니까 설사 눈 더미 속에서 빠져나온다고 해도 살아남지 못할 거예요."

"여기로 다 끌어들여서 한꺼번에 처리할 속셈이었구나."

"이곳을 안전하게 지킬 수 있는 방법이 그것뿐이었어요. 이 근처라는 사실을 알면 어떻게든 찾아낼 수 있잖아요."

화길이의 얘기를 들은 월화가 고개를 끄덕거렸다. 화길이는 천천히 안으로 들어갔다. 그리고 따뜻한 물이 솟는 샘 옆에 힘없이 주저앉았다. 월화가 말없이 다가가 화길이의 어깨에 묻은 눈을 털어줬다. 화길이는 참았던 눈물을 쏟았다.

"사람들이 너무 많이 죽었어요."

"어쩔 수 없었잖아. 넌 더 많은 사람을 살린 거야. 그러니까 기운 내야지."

화길이는 어깨에 올려진 월화의 손을 살짝 잡으면서 대답했다.

"그럴게요. 한양에서 데려올 사람들이 있어요."

"알겠어. 그동안 여긴 내가 잘 지키고 있을게."

겨우 눈 더미 속에서 빠져나온 부광이는 숨을 헐떡거렸다. 필사적으로 도망쳤지만 눈 더미에 파묻히고 말았던 것이다. 다행히 깊게 파묻히지 않았고, 불화살을 쏠 때 필요한 불씨를 가지고 있어서 얼어 죽지 않았다. 부광이는 주변을 돌아보았다. 하지만 아무도 보이지 않았다.

"다 없어졌어."

여진족은 물론이고 성창 대군이 이끌고 온 군사들도 모두 눈사태에 휩쓸렸다. 화길이의 계략에 모두 쓸려가고 말았던 것이다.

"나쁜 자식 같으니."

눈사태를 유도한 화길이의 모습을 떠올린 부광이는 이를 갈았다. 화가 머리끝까지 치밀어오른 부광이는 아무것도 없는 눈 쌓인 언덕을 향해 외쳤다.

"내 꿈이 사라졌어! 전부 다!"

악을 쓰면서 외치는데 어디선가 가느다란 목소리가 들렸다.

"거기 있는 게 누구냐?"

갑작스러운 소리에 놀란 부광이가 주변을 돌아봤다.

"어, 어디지?"

대답 대신 눈 속에서 칼이 한 자루 불쑥 튀어나왔다. 잠시 후, 남자가 눈 속을 헤치고 나왔다. 그리고 벌벌 떨며 지켜보던 부광이의 목에 칼을 겨눴다.

"내 부하는 아니고 그렇다면 여진족 편인데, 생긴 거랑 말하는 걸 보면 조선 놈이네?"

목에 바짝 닿아 있는 칼날의 섬뜩함을 느낀 부광이가 얼른 대답했다.

"강제로 끌려갔었습니다. 그런데 누, 누구십니까?"

"나는 조선의 정당한 통치자인 성창 대군이다."

며칠 후, 털모자를 비롯해 옷을 단단히 챙겨입은 화길이가 배낭을 멨다. 배낭에는 며칠 동안 연못의 얼음을 깨고 잡아서 말린 물고기들이 들어 있었다. 죽장도까지 챙긴 화길이에게 월화가 걱정스러운 표정으로 말했다.

"며칠 있다 가지 그래?"

"괜찮아요. 얼른 가서 아버지랑 사람들을 데리고 와야죠."

"조심해서 다녀와."

"그럴게요."

화길이는 월화와 가볍게 포옹을 한 뒤, 새로 머리를 땋은 경혜를 내려다봤다.

"언니 말 잘 듣고 말썽 부리지 마."

"걱정 말고 잘 다녀오세요."

경혜는 고개를 꾸벅 숙였다. 화길이는 그런 경혜의 머리를 쓰다듬으며 안쪽을 바라봤다. 따뜻한 물이 있는 샘 주변에서 피난민들이 웃으면서 빨래를 하는 중이었다. 바로 옆에서는 어린아이들이 목욕을 하며 까르르 웃었다. 약간 떨어져 있는 땅에는 푸릇푸릇한 풀들이 자라고 있었다. 그 모습에 절로 힘이 난 화길이는 손을 흔들며 배웅을 하는 월화를 뒤로하고 동굴 밖으로 나왔다.

얼어붙은 금구폭포가 있는 계곡을 나오자 며칠 전 눈사태의 흔적이 보였다. 얼어 죽은 사람과 말의 일부가 눈 밖으로 삐져나와 있는 게 보였다. 눈이 잡아먹은 살육의 현장에서 눈을 뗀 화길이는 남쪽을 바라보며 중얼거렸다.

"아버지, 제가 갑니다."

작가의 말

저는 강원도 최전방에서 군 생활을 했습니다. GOP에서 근무했는데 엄청 추웠던 날이 있었죠. 온도계의 수은주가 터져버리고, 사람이 파묻힐 정도로 눈이 너무 많이 와서 초소에 나갈 때 빗자루도 같이 가지고 가야만 했습니다. 엄청나게 두껍게 입고 나갔지만 추위 앞에서는 무력감만 느껴야 했습니다. 그때부터 추위는 저에게 두려운 기억이 되었습니다.

글을 쓰게 되면서, 아니 글을 쓰기 이전부터 저는 여러 가지 상상들을 하곤 했습니다. 대개 터무니없는 것들이었지만 그중에 몇 개는 실제 작품으로 만들어졌죠. '근사한 서점에서 살인이 벌어지면 어떨까?' 하는 생각은 『기억 서점』의 탄생으로 이어졌고, '조선 시대에도 죽은 사람의 유품을 정리하는 유품정리사가 있었다면 어땠을까?' 하는 생각은 『유품정리사 – 연꽃 죽음의 비밀』로 이어졌죠. 그리고 이번 작품은 '조선 시대에 빙하기가 닥쳤다면 어땠을까?'라는 생각에서 시작되었습니다.

우리가 상상하는 빙하기는 아니지만 조선 시대에도 빙하기가 도래한 적이 있었습니다. 17세기 중후반에 평균 기온이 2~3도 정도 떨어지는 소빙하기가 바로 그것입니다. 평균 기온의 하락은 농사를 망쳤고, 그 결과 100만 명이 굶어 죽었다고 일컬어지는 경신 대기근으로 이어졌죠. 우리뿐만 아니라 일본과 청나라, 서양의 여러 국가도 소빙하기로 인해 큰 타격을 받으며 정권이 바뀌거나 아예 나라가 망하는 정도까지 이어졌습니다. 만약 소빙하기 정도가 아니라 아예 빙하기가 갑자기 찾아온다면 조선은, 그리고 조선에 살던 사람들은 어떤 삶을 살아가게 될지에 대한 궁금증이 이번 이야기로 이어졌습니다.

특히 신분제 국가였던 조선에서는 각자 속한 신분과 처지에 따라 다른 결정을 내렸을 것입니다. 그리고 그 결정들이 개인의 운명을 크게 바꾸게 되겠죠. 여전히 권력 투쟁을 시도할 지배계층과 먹고살기 위해 극단적이고 잔인한 결정을 내려야만 할 백성들 모두 말이죠. 조선 사람들이 사람의 얼굴을 한 짐승이라고 부르던 여진족에 대한 생각도 거기에 덧붙였습니다. 극단적인 상황이 되면 인간은 심판대에 오를 것입니다. 그리고 인간성을 지키고 삶을 포기할 것인지, 인간성을 포기하고 삶을 살아갈 것인지 결정이 나겠지요. 그런 상상들을 끌어모아서 이번 이야기를 만들었습니다. 부디, 재미있게 즐기셨기를 바랍니다.

정명섭

빙하 조선

초판 1쇄 발행 2024년 1월 3일
초판 2쇄 발행 2024년 4월 25일

지은이 정명섭
펴낸이 김선식

부사장 김은영
콘텐츠사업본부장 임보윤
책임편집 김정택 **책임마케터** 이고은
콘텐츠사업10팀장 김정택 **콘텐츠사업10팀** 이슬
마케팅본부장 권장규 **마케팅2팀** 이고은, 배한진, 양지환 **채널2팀** 권오권
미디어홍보본부장 정명찬 **브랜드관리팀** 안지혜, 오수미, 김은지, 이소영
뉴미디어팀 김민정, 이지은, 홍수경, 서가을, 문윤정, 이예주
크리에이티브팀 임유나, 박지수, 변승주, 김화정, 장세진, 박장미, 박주현
지식교양팀 이수인, 염아라, 석찬미, 김혜원, 백지은
편집관리팀 조세현, 김호주, 백설희 **저작권팀** 한승빈, 이슬, 윤제희
재무관리팀 하미선, 윤이경, 김재경, 이보람, 임혜정
인사총무팀 강미숙, 지석배, 김혜진, 황종원
제작관리팀 이소현, 김소영, 김진경, 최완규, 이지우, 박예찬
물류관리팀 김형기, 김선민, 주정훈, 김선진, 한유현, 전태연, 양문현, 이민운
외부스태프 **교정교열** 유혜림 **디자인** 어나더페이퍼 **일러스트** 금수

펴낸곳 다산북스 **출판등록** 2005년 12월 23일 제313-2005-00277호
주소 경기도 파주시 회동길 490
전화 02-704-1724 **팩스** 02-703-2219 **이메일** dasanbooks@dasanbooks.com
홈페이지 www.dasan.group **블로그** blog.naver.com/dasan_books
종이 스마일몬스터 **인쇄** 상지사 **후가공** 제이오엘앤피 **제본** 상지사

ISBN 979-11-306-7100-0 (43810)